夜想曲《ノクターン》

角川文庫
12098

目次

池上宣久氏に捧ぐ

序編　過去へ

意識が戻ったとき、桜木は汗で全身が冷たくなっていた。手の感触に、悪夢が現実になったのかと恐れたが、握り締めていたのは濡《ぬ》れたタオルだった。

深くため息をつき、ゆっくりと周りを見回してみる。壁に作り付けの本棚には、映画や演劇に関する本が並んでいた。よく使い込まれた感じの天然木の机。黒い革張りの椅子《いす》。いつもの書斎だった。気を失っていたのは、そう長い時間ではなかったらしい。あの椅子に坐《すわ》って手紙を読んでいたところまでは、桜木ははっきり覚えている。

床に頭をぶつけて、記憶を失くしていないかと思ったが、大丈夫のようだった。戸棚のガラス扉に映る自分の影も、不安を掻《か》き立てるところはない。机に向かっていたときと違うのは、どこからか現われたタオルを手にしていたことだけだ。よほど固く握り締めていたとみえて、腕にだるいような痛みが残っている。

手紙を読んでいるうちに、桜木は気が遠くなり、床に投げ出されるようにして倒れた。そこで意識を失ったと思うのだが、そこから先は夢か現実か、よく分からなかった。

顔の見えない相手の首に、幾重にもロープを巻きつけ、じわじわと絞め上げていく。反り返った喉《のど》の滑らかな曲線が、目の裏に眩《まぶ》しく焼きついていた。ロープを持つ手に伝わってくる、何ともいえない振動と衝撃。現実に体験したとしか思えない生々しさで、その場面が繰り返し再現される。

桜木は、かなり白いものの交じった髪を、左手で掻き上げた。銀幕の中で自分を特徴づけるために始めた動作だったが、何十年も経つうちに、知らず知らず自分の癖になっていた。板張りになった床は、冬の陽が差し込んでいるとはいえ、相当冷たくなっている。桜木は手で身体を支えながら、ゆっくりと立ち上がった。

特に痛いところはなかった。椅子から転げ落ちても、どこも打たなかったようだ。子供の頃に武道で鍛えたのが、壮年に近い年齢になっても財産として残っているのだろう。俳優の仕事を休業してはいたが、桜木はまだ体力に自信があった。

しかし、それとは反対に、精神的な面での自信は今やほとんど崩壊しつつあった。何故あんな悪夢を何度も見るのだろう。ロープで首を絞めた痺《しび》れにも似た感触が、紛れもなくこの手に残っている。頭の中で繰り返し再生される場面は、本当に夢に過ぎないのか。自分の知らない間に、人を殺したのかもしれない、そんな恐ろしい考えに、桜木は取り憑《つ》かれていた。

「あ、先生、大丈夫だったんですか?」

開いたままになっていたドアの脇《わき》から、外丸須美乃《とまるすみの》が顔を覗《のぞ》かせて言った。桜木が若かった頃の女子学生みたいに純情な娘だった。小さな顔ににきびの跡を残しているが、目がくるっとして愛らしい。本業の俳優以外に、エッセイなども書く桜木のことを、須美乃はいつも先生と呼んでいる。

「ん、ああ」

曖昧《あいまい》に返事を濁しながら、桜木は背凭《せもた》れの高い椅子に身を沈めた。身体は何ともなかったが、本当に大丈夫なのかどうかは、自分でもはっきり分からなかった。

「よかった」

きっと見た目はいつもと変わらないのだろう。須美乃は桜木の言葉を、肯定的な意味に受け取ったようだった。

遠い親戚《しんせき》とはいえ、親子ほども年齢の違う若い女性を、こうして家に置くことに、桜木も初めは馴染《なじ》めないでいた。芸能週刊誌なども、年の離れた恋人と勝手なことを、一時ずいぶん書き立ててくれた。しかし、この年齢になって、心配してくれる家族のような存在を、桜木はどこか心地よく感じている。須美乃の見せる好意は、微妙な距離感があって、決して押しつけがましくなかった。

「あ、タオル」

桜木の握り締めていたタオルが、部屋の中央にぽつんと落ちていた。

「須美乃が持ってきてくれたのか？」

「はい。先生が倒れてたから、頭に……」

おさげにした髪を揺らしながら、須美乃は遠慮がちに書斎へ入ってきた。細いというには、あまりにも痩《や》せた身体は、見ていて痛ましい感じさえした。

「そうか」

そういえば、あのタオルは冷たく濡らしてあった。意識を失くして倒れている桜木に、須美乃のできる精一杯の手当てだったのだろう。

「今度こそ、お医者さんを呼ぼうと思いました」

タオルを拾い上げると、須美乃は不安そうな声を出した。

「駄目だ。医者なんか、必要ない」

桜木はわざと語気を強めて言った。実際、身体のどこにも異状は感じられなかった。医者に診てもらうと、危惧《きぐ》していることを悟られてしまうかもしれない。この悩みはまだ誰にも打ち明けてはいなかったし、今は誰にも相談したくなかった。

「でも……」

「大丈夫だよ」

今度は安心させるために、桜木はやさしい声で言った。しかし、本当に大丈夫なのか、自分が聞きたいくらいだった。意識を失くすことが増えてからは、仕事もしばらくオフにして、ずっと家に籠《こも》っている。知らない間に失態を晒《さら》すのが、桜木は怖くて仕方なかった。

「はい」

心配そうな目を見せながらも、須美乃は素直にうなずいてみせた。タオルを小さく畳むと、そのまま静かに書斎から出ていった。

その後ろ姿を見送ってから、桜木は机に向き直って、もう一度手紙を読むことにした。花柄の便箋《びんせん》に女性の手で書かれた文面は、穏やかながらも、桜木にあの悪夢を思い起こさせる内容を含んでいた。

何ヵ月か前に、桜木は古い仲間たちから、知り合いの山荘に集まるので、遊びに来て欲しいと誘われた。俳優になる前に、堅気の勤め人をしていた頃の、二十年以上も昔の同期の連中だった。当時はよく集まって、桜木が仕事を辞めてからも、一緒に遊んだ友達だった。仲間の一人が事故で亡くなってから、自然消滅してしまったが、久しぶりで懐かしくもあり、桜木は密かに心待ちにしていた。

ところが、記憶はそこでぷつんと途切れていた。山荘に行って過ごしたはずの何日間かの行動や感情が、頭からすっぽりと抜け落ちていた。

人を殺したかもしれない、そう恐れ始めたのは、そのときからだった。手にはロープで首を絞めた感触がしっかりと残っている。殺人という強い刺激を受けたせいか、おぼろげながらも、そこだけは前後の状況も覚えていた。夢というには、妙に生々しい実体を伴っていた。

当時、その山荘では、実際に殺人事件が起きていた。同期の友達がロープで首を絞められ、三日連続で殺されたというのだ。

桜木はあまりもの恐ろしさに、状況を確認することができなかった。新聞もその記事を避けて読んだし、テレビのニュースも見ないようにした。一緒に泊まったはずの友達に、何があったのかと訊《き》くことなど、当然できるはずもない。三人が殺された事実を知ったのも、しつこく追い掛けてくるレポーターが喚《わめ》き立てるからだった。

休業中であることを幸いに、桜木はしばらく姿を隠した。マスコミを避ける目的だったが、精神的に自信がないためでもあった。ところが、恐ろしいことに、そこから数ヵ月の記憶が再びないのだ。気が付いたときにはここに戻っていて、騒ぎはきれいに収まっていた。

桜木はもちろん、その事件の犯人が自分だと、本気で考えているわけではなかった。現に警察の取り調べにしたところで、記憶にある限り受けてはいない。だが、それではこの手に残っている忌まわしい感触は何なのだろう。繰り返し現われる頭の中の映像を、どう説明すればいいのだろうか。

揺らいでいる桜木の気持ちを嘲笑《あざわら》うかのように、この手紙には、その事件の真相が同封の原稿に記されている、と書いてあった。誰が犯人であったのか、事実に基づいて論理的に指摘されている、と。

事件の直後にも、おまえは人殺しだと告発する怪文書を、桜木は受け取っていた。手紙の筆跡は、そのときのものと全く同じに見えた。

くだらない中傷だ、桜木はあのときそう思いながらも、人格が崩壊しかねないほどの強烈な衝撃を感じた。人の首を絞めたときの手応《てごた》えが、実感を伴って生々しくよみがえる。ロープの白さや、それに付いていた染みの色や形、徐々に赤黒く変わっていく相手の顔、それらが瞼《まぶた》の裏に浮かび上がってくる。あのときもやはり意識を失い、激しい葛藤《かっとう》にこのまま気が狂うのではないかと思った。

しかし、今回の手紙には、それ以上の何か邪悪なものを感じる。怪文書とは違って、あからさまな糾弾の文字は、確かに見当たらなかった。簡単に言えば、同封された原稿を読むように書いてあるだけだ。だが、その静かで穏やかな調子こそが、却《かえ》って恐ろしさを秘めている気がする。事実を語る中で、人殺しである根拠を示そうと、宣言しているように思えるのだ。

同封されている原稿は、長篇小説のようにかなりの分量があった。ワープロで打たれているため、枚数はそう多くないが、それでも百枚は軽く超えているだろう。

誰が何の目的で、こんなものを送ってきたのか、桜木にはその心当たりが、全然ないわけではなかった。信じられない相手だし、信じているわけでもないが、原稿の束を送ってきそうな女性が一人だけいた。ただ、そのことを確認したところで、何かが解決されるとは思えなかった。事実が記されているというのなら、指示に従って読むよりないような気がした。

その一方で、この原稿を読むと、取り返しのつかないことになるかもしれない、桜木はそうも感じていた。自分が自分でなくなるような不吉な予感があった。

しかし、桜木は知らないうちに、原稿の束を読み始めていた。何かに引き込まれるように、連続殺人事件の描かれた世界に没入していった。

前編　過去

第一章　第一の事件

車から降りて空を見上げると、寂しい秋の星が瞬いていた。都会の生活に慣れているせいか、山は少し寒い気がした。

尾羽《おば》満は微《かす》かに不安を覚え、新鮮な空気を大きく吸い込んだ。密生した原生林を背景にして、山荘が浮かび上がっている。丸木をそのまま組み上げた、頑丈なログ・ハウスのようだった。二階建てで、そう大きな造りではない。冬には雪が降るのだろう、屋根の傾斜が少し急だった。

夜に溶け込んだ稜線《りょうせん》を目で追っていると、小さく肩を叩《たた》かれた。麻美が車を駐《と》めて戻ってきていた。車のキーを受け取る。二日間ホテルに泊まっていたので、キーを預かるのは久しぶりだった。

今回、ここに集まっている面々は、麻美の旧《ふる》い友達だった。二十数年前、役所に入ったときの同期で、満が会ったことのない人たちだった。ゲストという格好で招かれているのだが、妻の友人と顔を合わせるのは、どうも気後れする。経験のない状況に、満は落ち着きのなさを覚えていた。

目的の山荘からは、既に柔らかな灯《ひ》が洩《も》れていた。満は麻美の後ろに従って、正面にある木のステップを上った。

小さな背中だった。半年前に事故で息子を亡くしてから、よけいに小さくなった気がした。麻美までの距離が、また遠くなったように思える。手を伸ばしても届かない場所が、自分の妻の中にあった。

呼び鈴を何度か押してから、麻美が扉を開ける。満が支えてやらないと駄目なほど、大きくて重いドアだった。

戸口のところに立ち止まって、麻美は何か言ったようだった。こちらに背を向けているために、何を喋《しゃべ》っているのか分からない。こんなに遅くなってしまったことを詫《わ》びているのだろう。招待状を見ていないので、何時の予定だったかは知らないが、夕食を済ましていてもおかしくない時間のはずはない。満はゆっくり扉を閉めると、二人分の荷物を足元に置いた。

そこは意外と広い空間で、白木の内装が満の目を惹《ひ》いた。床、ドア、階段と、多くのものが木でできている。明るくて、温《ぬく》もりの感じられる場所だ。中央に円形のテーブルがあり、床を掘り下げて、直接坐《すわ》れるようになっている。その向こうには、カウンターのついた対面式のキッチンが見えた。

「まあ、こちらが旦那《だんな》様ね」

ぽちゃっとした体型の、丸い眼鏡を掛けた女性が、満の方に近づいてきた。唇をゆっくりと動かしてくれたので、何と言ったのか読み取ることができた。

「夫の満です」

麻美は顔をこちらに向けながら、手話を使って紹介してくれた。山荘の中には、あと男性が二人ほど、テーブルに疲れた顔で坐っていた。

「村上美恵子です。よろしくね」

一語ずつ句切るようにして言いながら、指文字でも名前を示した。ぎこちなくはあったが、それでも手話を使えることに、満は少なからず驚いた。

村上は身体つきだけでなく、顔もふっくらした感じだった。皺《しわ》が目立たないせいで、年齢よりもずっと若く見える。図書館の司書で、今は西図書館の副館長だと、麻美から教えてもらっていた。ポストの少ない中、五十歳前でその地位というのは、女性としては非常な出世らしい。

「最近は、テレビでも御活躍とか」

やさしい顔に笑みを浮かべて、村上はゆっくり口を動かした。満の仕事に関しては、麻美から話を聞いているのだろう。

障害者に対する認識を、より深めてもらいたくて、満はテレビに出ることもあった。それは、何十年も地道に活動を続けて勝ち取った、成果の一つでもあった。

「さすがに、いろんなメディアに登場なさっているだけはあるわね。ファッションにしても、髪型にしても、垢抜《あかぬ》けているもの」

今日は、若い頃に流行《はや》ったアイビー・ブレザーを着ているだけなので、社交辞令に違いなかった。髪にしても、めっきり多くなった白いものが目立たないよう、短くしているに過ぎない。

「ここへ来る前にね、パーマをあてようと思ったのよ。こんなおばちゃんでも、やっぱりね」

にこやかに村上は話を続ける。喋《しゃべ》り好きなのだろうが、どこか無理している気がしないでもない。笑顔にぎこちなさがあって、仕事の疲れが残っている感じだ。

「私も髪を染めてもらいに、理髪店に行きたかったのですが、今日は……」

満がそこまで言ったとき、奥にいた男が揃《そろ》って近づいてきた。満は相手の顔を見る必要があるため、何人かと同時に会話するのは難しい。

「私の、名前は、長谷川知之です」

丸々と肥えた大きな男が、口を動かさずに手話だけを使った。満を迎えるために、わざわざ練習してくれたのだろうか。

長谷川は、右手の拳《こぶし》を顔の中央にもっていき、天狗《てんぐ》の鼻のように見せてから前方へ動かした。「よろしく」という意味の手話だ。その動作は、形だけでなく、本当にそう言っているように見える。区役所の職員なんて、愛想が悪いと信じ込んでいただけに、満には意外な思いがした。

「これくらいしか、できないのですが」

身体の大きな長谷川が、恐縮したように言った。埋もれてしまいそうな小さな目が、人のよさを示している。

「手話ができなくて、申し訳ないが……桜木といいます」

同い年とは思えないスマートな男が、左手で髪を掻《か》き上げて言った。その動作を見た途端、満は相手が誰であるか気付いた。

「え、まさか、俳優の桜木和己……さんですか？」

思わず呼び捨てにしそうになった。テレビや映画でしか見たことのない二枚目俳優が、満の目の前に立っていた。

桜木はわずかに頬笑《ほほえ》んだだけで、何も言わなかった。きっと、満の声が聞き取りにくかったのだろう。初めて話をした人に、ありがちな反応だった。聞き返すのは失礼だと考えて、笑顔で済ましてしまうのだ。しかし、何を言ったか分からないと尋ねてくれた方が、会話を交わせないでいるより、満にはずっといい。

「桜木和己さんですね？」

満はもう一度、同じことを繰り返した。今度は桜木も分かったとみえて、親しみのこもった笑みを浮かべるとうなずいた。

「ええ。ただ、俳優の仕事は、ここしばらくしていませんが」

「本名は剛毅《ごうき》っていう猛々《たけだけ》しい名前なのよ。やさしそうな顔してるのにね」

横から村上が顔を覗《のぞ》かせて、割り込んできた。今度は話す速度も、普段通りなのか、今までに比べてかなり速かった。

部屋の中は暖房でもかけたように、少し暑かった。満はブレザーを脱ぎ、腕に掛けた。麻美は長谷川との挨拶《あいさつ》を終えて、桜木と握手を交わしている。顔を合わせるのが久しぶりのせいか、麻美はどこかぎこちなかったが、それでも笑顔で話していた。

健聴者の間で会話が始まると、満はたいがいついていけなくなる。どちらの顔を見てよいのか、分からなくなるからだ。そもそも、唇の動きが速すぎて、読み取れないことの方が多い。一般に考えられているほど、口話《こうわ》は万能のものではないのだ。

「ハンガーを持ってきますよ」

肩を叩かれて振り向くと、長谷川がブレザーを指差して言った。満が引き止めるより早く、大きな身体を揺らしながら、長谷川は階段を上っていった。

あれだけ肥満していると、病気になったりしないだろうか。名前とは逆に痩《や》せている満は、他人事《ひとごと》ながら心配になる。

「先に荷物を置きましょう」

桜木との挨拶も終え、麻美が手話を交えて言った。

「長谷川さんが、ハンガーを持ってきてくれるんだよ」

満が少し待ってくれるように頼むと、桜木が何か言って二階へ向かった。俳優という目で見ているせいか、歩く動作一つにしても、どこか存在感があるように思える。

「剛毅くんも、私にハンガーを持ってきてくれるって」

同期の中での愛称なのか、桜木の多くはない本名を、麻美は指文字を使って表わした。顔が心なしか上気したように思えた。

その麻美の表情を見て、満はまた違和感を覚えた。今日一日、ずっと感じている不自然な反応だった。言葉ではうまく説明できないが、物事のすわりの悪さ、とでもいうのだろうか。麻美の言動が、いつもと微妙に違っている気がした。

「何て言ったんだ?」

「大丈夫よ」

軽く左肘《ひじ》を突かれて、そちらを向くと、村上が首を横に振って言った。嫉妬《しっと》したと思われたようだった。

「彼は確かに二枚目だけど、根本的には女性を低く見ているの。だからずっと独りでしょう?」

噂《うわさ》こそ絶えなかったが、桜木は四十代後半になっても、まだ結婚しないでいた。選択肢が多すぎるからと思っていたが、村上には別の意見があるようだった。

その間に、長谷川が二階から下りてきた。上へ行くときに比べて、足取りが危なっかしい感じを受ける。すぐに桜木もハンガーを持って、階段に姿を見せた。どちらの部屋も二階にあるようだった。

「どうぞ。差し上げます」

長谷川が満にハンガーを手渡した。洗濯屋に出したときについてくる、上等でないものだった。針金だけでできているので、簡単に曲げることができる。ハンガー以外の用途にも使える便利な品物だった。

これくらいなら、遠慮はいらないだろう、そう考えて、満は小さな好意に甘えることにした。このハンガーは、長谷川が持ってきたもので、桜木と一本ずつ使っていたという。村上はずっと持ってなかったらしい。

「これがあれば……」

桜木も麻美に同じ物を差し出している。そういえば、このハンガーを凶器に使うドラマに、桜木が出演していたことを、満は思い出した。

「美恵子、あげる」

麻美は首を振って、ハンガーを村上の手に押しつけた。全く予期しない行動に、村上は驚いて口を開けたままでいた。

ハンガーを渡した方の桜木は、ポーカー・フェイスで、表情からは何も読み取れない。長谷川はあっけにとられた様子で、小さな目を大きく見開いている。

「……だって、美恵子もずっと持ってなかったんでしょ」

不自然だったと気付いたのか、取り繕うように麻美が言葉を継いだ。声からの情報はなくても、その分、表情やしぐさから、ニュアンスとして伝わるものがあった。

満はテニスのラリーを見るように、村上の方を向き、それから、麻美の方を向いたが、唇は閉じられたままだった。ただ、村上は黙ってハンガーを受け取り、高まりつつあった緊張を解いた。

誰かが話していないかと見回すと、長谷川がゆっくりした調子で、口を開いていた。

「……剛毅さんの出ていたテレビでも、思い出したんですか？」

針金のハンガーをばらして、五円玉などを通し、それで人を殴り殺すといった内容のものだった。麻美は通訳できるように、一緒に見てくれていたから、それを連想したとしても不思議ではなかった。

「私も見てた。あの凶器ね……」

身体を震わせて、村上もうなずいている。よくあるサスペンス物だったが、やはり凶器が印象に残っていた。かなり前に見たものなのに、全員が覚えているところをみると、ドラマの出来もよかったのだろう。同期の桜木が出ていたから、という理由だけではなさそうだった。

「荷物を置いてくる」

手話も使いながら麻美は言うと、左の手で鞄《かばん》を取り上げた。一度部屋に入った方が、雰囲気が和みそうな気がした。

麻美は古い事故がもとで、右手に軽い障害を持っていた。中指と薬指が曲がらなくて、あまり自由に動かせない。見た目も火傷《やけど》のように引きつった跡があるので、右手だけ黒い手袋をしている。満は手話だけで返事をすると、その鞄を麻美の代わりに持った。

シングル・ルームしかないため、満は麻美と別の部屋になっていた。どちらも一階で、隣り合わせだった。長谷川が親切に、それぞれの部屋まで案内してくれる。知り合いの山荘を使っているそうで、集まったメンバー以外に、世話をしてくれる人はいなかった。

麻美の荷物を部屋まで運ぶと、満は割り当てられた自室に入った。豪華な感じではなかったが、大きな机や作り付けの衣裳《いしよう》戸棚などの、家具の立派さが目についた。他はがらんとした様子で、トイレや風呂《ふろ》といった設備はなく、備品らしいものもない。麻美の部屋も同じに見えたから、どこも変わらない造りになっているようだった。

鞄をベッドの脇《わき》に投げ出すと、満は大きくため息をついた。気の重い旅行だったが、麻美の旧友はいい人たちだった。手話を使ったり、ゆっくり喋《しやべ》ったりして、気遣ってくれているのが分かる。ただ、問題は麻美の挙動の不自然さにあった。

ブレザーをハンガーに掛けながら、満は今朝送られてきたファックスのことを思い返した。麻美の表情やしぐさが気になり始めた最初の出来事だった。

そのファックスは、これまた同期の横山典子から送られてきたものだった。以前から親しくしている友人で、この山荘にも来ることになっている一人だった。

横山は事務職の女性では出世が速く、今は職員研修所の副所長をしている。人事畑をずっと歩んできて、更年期に入り身体の調子を崩したらしい。詳しいことは知らないが、休職したほどだったという。そのとき、横山の母親から、医者を紹介して欲しいと頼まれたのが麻美だった。

麻美は福祉職員のため、ずっと同じ関係の部署に勤めている。今は民生局福祉部障害福祉課長だが、更生施設のようなところや、リハビリテーション・センターなどにも在籍したことがあった。当然、仕事で医師と接する機会もあり、個人的に親しい間柄になった人もいる。麻美はお安い御用と、信頼のできる女医を紹介した。

その甲斐《かい》あってか、横山は順調に回復し、元気に職場復帰を果たした。病気の中身については、麻美は詳しく語らないが、原因はストレスにあったらしい。それから横山はたびあるごとに、その礼を述べた。全快してから、まだ日も浅いのに、感謝の言葉を何度受けたか分からないくらいだった。

だから、そのファックスには、医者を紹介してもらった礼が、いつものように書いてあった。山荘でお目にかかることを、楽しみにしています、とも。満には特におかしなところがあるとは思えなかった。しかし、それを読んだ途端、麻美の顔は幽霊でも見たみたいに青ざめたのだった。

どの言葉に麻美は恐怖を感じたのだろう。表情が変わったのを見て、満は読み返してみたのだが、何度読んでもお礼の文章だった。横山の流麗な文字から、温もりと親しみが伝わってくる。ほんのかけらでさえ、悪意は感じられなかった。

送られてきた文面を、一言一句覚えてはいないが、今、頭の中で辿《たど》ってみても、普通だったとしか思えない。麻美が何にあんなに怯《おび》えたのか、満には不可解でならなかった。

しかし、それだけなら、麻美の言動にここまで過敏に反応することはなかった。日常の些末事《さまつ》に紛れて、きっと忘れてしまっていただろう。それがこうなったのは、ファックスの件に続いて、満の疑惑を呼び起こす、もう一つの出来事があったからだ。それは留守番電話の一件だった。

電話の使えない満は、普段まず見ることはないのだが、今朝はボタンの点滅に気が付いた。ホテルから家に戻った日だったし、ファックスのことで不審を抱いていたからだ。点滅していることを教えると、麻美は動揺した様子で中身を聞き始めた。何と言っているかは分からないが、気になったので、満はその挙動をじっと見守っていた。

朝、風呂に入っていたときに、掛かってきたようだと、麻美は言う。誰からと訊《き》くと、これも同期の山下健二からだと答えた。仕事が終わらなくて、ちょっと遅れるという連絡らしい。山下も同じように、この山荘に集まるメンバーの一人だった。

同期の中で、一番の出世頭である山下は、財政局の財務部長だった。財源を預かる中枢ともいうべき職場で、常にトップを走ってきた男らしい。このままいけば、局長は間違いなく、いずれは助役になるだろう。最後は市長かもしれない。それほどの逸材だと、麻美からは伝え聞いていた。

それだけの出世をするには、やはり激務をこなすしかなく、若い頃は電車の定期券を持っていなかったという。タクシーでしか帰れないからだ。その話を聞いたとき、そんな公務員がいるものかと思ったが、麻美自身が日付が変わらないと帰って来なかったりするのを見て、認識を改めた。実際、日曜も祝日も関係なく働きに出ているときが少なからずあった。

だから、山下も職場に泊まり込むような状態なのかもしれない。この季節は、各部局が新年度の予算調書を作成し、財政局のヒアリングを受ける時期だ。麻美も予算組みで死にそうと、よくこぼしていた。上申する側が忙しいのなら、それを査定する方はもっと忙しいだろう。山下の仕事が終わらないのは、最初から予想されたことだった。

しかし、そのような内容なら、麻美は何故動揺したのだろう。テープを再生する姿は、どう見ても不自然だった。録音の中身は、本当に仕事で遅れるといったようなものだったのだろうか。いや、そもそも、その電話は山下からのものだったのか。

耳の聞こえない満には、それを確認する術《すべ》はなかった。麻美のそれからの言動に、それとなく注意を払っておく他には。

その気で見てしまうと、先入観になって、何でもそう見えてしまうものだ。麻美がおかしいと思ったら、一挙手一投足が変に思えてきた。ちょっとしたことに違和感を覚え、何をしても不自然に感じる。いつもと違うような気がする。今まで見たことがないように思える。意識していなかったことを、明確に意識するだけで、そんなふうに感じられるものなのだ。

それでも、やはり麻美は、満の知っている麻美ではないような気がした。思い過ごしであればと望みながら、反対に確信している部分も、同時に存在していた。もともと麻美の心の中には、満の覗《のぞ》けない部屋がある。それはずっと感じていたことだが、しかし、それだけでは説明のつかない別のものが間違いなくあった。

「まだ、荷物が片付かない？」

窓に人影が映り、驚いて振り向くと、麻美が手話でそう言ってきた。ノックが聞こえないため、こういう事態は何度も経験していることだった。

「今、行くところだ」

ベッドから立ち上がって、満は手話で答えた。麻美は後ろ姿になっていて、もうこちらに目を向けていなかった。

広間へ向かいながら、満はこっそりとため息をついた。この山荘へ来た後悔が、ゆっくりと湧《わ》き上がってきた。

†

その次の日の朝、満が広間に来てみると、長谷川が身体を小さく丸めてテレビを見ていた。NHKで放映している、朝の連続テレビ・ドラマだった。

きっと家ではこの番組を、見逃したことがないのだろう。旅行に出ても習慣を変えないことは、満も麻美から聞いて知っていた。長谷川は区こそ違うが、西区役所からバスで五分のところに住んでいるという。番組の終わる八時半に家を出ても、始業時刻には余裕を持って間に合うわけだった。

村上がキッチンに立って、一人で朝食の支度を始めていた。自分たちしかいないから、食事は全部作らなくてはならない。コーヒーの香りと、ベーコンか何かを焼く匂《にお》いが、空になった胃袋を刺激する。いつもは朝の早い麻美が、まだ姿を現わしていなかった。

二人に挨拶《あいさつ》をしてから、満は顔を洗いに行った。それぞれの部屋には、トイレも洗面台もついていなかった。

「おはようございます」

トレーナーに、首からタオルを掛けた格好で、桜木が洗面所に立っていた。胸元できらっと光が反射したのは、朝日を浴びた銀のネックレスだった。

満の挨拶に、桜木も頭を下げて応《こた》えた。返事はタオルに隠れて、何と言ったか分からなかった。

こちらに臆する様子もなく、桜木は軽く体操を始める。俳優の仕事は休業中と言っていたが、身体の手入れは怠らないようだ。

満は用を足してから、手を洗い、顔を洗って、歯を磨いた。その間に、桜木は朝の体操を済ませ、広間の方へ戻っていった。

髪を整えながら、満は今朝どんな話をしようか、半ば途方に暮れていた。昨日の夜は、どこか嚙《か》み合っていなくて、全く盛り上がらなかった。

もちろん、麻美が手話通訳をしなければならないという事情もあった。会話には、間やタイミングといった、言葉以外の要素が大きく影響する。その瞬間でないとおもしろくない冗談というのもある。満だけが分からず、麻美が通訳して、一呼吸置いてから笑いだしたり、理解はしてもおかしくはない場面が、昨夜も何度かあった。

　そんな後は、決まって気まずい沈黙が降りて、話題が途切れてしまう。手話を知らない人と複数で話をしたときには、よくあることだった。それは、言葉の通じない外国人が交じっている状況と似ている。いつもタイミングがずれるために、話に進展性がなく、ちぐはぐな会話になってしまうのだ。

　ただ、それなら満は幾度となく経験していることだった。通訳が入るために、会話のリズムが狂うのは仕方ないと、割り切って考えていた。

　しかし、昨日の夜は、そういった問題とは違うような気がした。仲のいい友達が集まって、談笑している雰囲気ではなかったのだ。無理に話を続けているような、そんなぎこちなさがあった。本当は早く部屋に帰りたがっているみたいだった。

　それは、二人のせいなのかもしれない、満はそう考えていた。高校生の息子を亡くしたことは、誰もが知っていた。久しぶりに集まることにしたのは、麻美を励ます意味もあったらしい。その話題は一度も出なかったが、避けている分、しっかり意識されていただろう。子供を失うという悲劇が、みんなの胸の内に暗い影を落とし、知らないうちに気が重くなっていたのではないか。

　もちろん、それは余計な気の回しすぎかもしれない。麻美のことをあれこれ考えたように、その場の空気を深読みしすぎるのは、悪い癖だと満は自覚していた。

「何がいい？」

広間に戻ると、村上がふくよかな顔に笑みを浮かべて訊いてきた。飲み物を持つ形の手を、口元に運ぶ動作を付け加えた。

「コーヒーにしてください」

満は指文字も使いながら、目の前のカップを示した。麻美が起きてこないものだから、村上が結局一人で朝食の支度を済ましてしまったようだ。

「ちょっと待ってね」

村上は愛想よくうなずくと、そのカップを温め始めた。どうやら、満の声だけでなく、指文字も理解できたようだ。図書館が主催する講座で、かじったことがあると昨日話していたが、本当はかなり勉強したのだろう。手話は自分が使うよりも、読み取る方がはるかに難しいのだ。特に指文字はそうだった。

待つ間、周りを見てみると、長谷川はミルク・ティーを飲んでいた。朝の一杯はそれでないと、気が済まないのだろうか。連続ドラマも見終わって、いつもなら仕事に行く時間なのだろう。することに困った様子で、円形のテーブルに巨体を預け、足をぶらぶら揺らしている。

一方、剛毅という勇ましい本名の桜木は、いかにも甘そうなココア。名前に合わない。大きめのマグ・カップを両手に挟み、一口ずつ味わうように飲んでいる。そんな日常的な姿でさえ、絵のように鮮やかだ。髪に白いものが交じってはいるが、繊細で女性的な容貌《ようぼう》は衰えていない。

「はい、どうぞ」

カウンター越しに、村上がコーヒーを渡してくれた。満はそれを受け取ると、掘炬燵《ほりごたつ》のようになった中央のテーブルに席を取った。そこには既に朝食が並べてあり、焼けたパンの香ばしい匂《にお》いがしている。満は朝は御飯だったが、長谷川のように習慣を固持する性質ではなかった。

「尾羽さん、遅いですね」

正面に坐《すわ》っている長谷川が、満の顔を見て言った。麻美のことを指しているのは、すぐに理解できた。

「それ、私のこと？」

キッチンから来た村上が、わざわざ満の肩を叩《たた》いて言った。見上げた視線の先には、もう決して若くはない、おばさんの丸い顔があった。

尾羽さんとおばさん。多くの人から聞かされすぎて、満は今やまるでおもしろくなかった。その洒落《しゃれ》は、麻美のことを呼ぶたびに、若い頃から使っていたのだろう。今では本当のおばさんなので、素直に笑える冗談ではない。しかし、無視するわけにもいかず、満は仕方なく笑みを作った。

昨日の夜と同じで、長谷川も桜木も反応しなかった。村上一人が無理して喋《しゃべ》り、その言葉が宙に浮いてしまっている。

「食べ終わっても出てこなかったら、麻美を起こしにいきます。後片付けくらいさせないと」

気まずそうな雰囲気を察して、満は助け船を出した。ただ、長いせりふを理解してもらえたかどうか、少し不安ではあった。

「ええ……」

曖昧《あいまい》にうなずいて、村上が席に着いた。その顔にさっきまでの笑みは、もう浮かんではいなかった。

できるだけ早く食べて、麻美を起こしにいこう、満はそう決めた。三人は何故か気詰まりな様子で、話をしようとしない。お互いの視線を避けながら、自分の前に置かれた皿に専念している。満には機嫌のよさそうな顔を向けてくれていたが、話し掛けようにも、適切な話題が見つからなかった。

トーストの最後の一片をコーヒーで流し込むと、満は軽く頭を下げて、立ち上がった。時計はもう九時を指そうとしていた。

麻美の部屋の前に立ち、小さくドアをノックする。二、三度叩いては、扉が開くのを待ち、また叩いては待つ。満には、中から物音がするかどうかが分からない。麻美を起こすには、その動作を何度か繰り返すしかなかった。

「ちょっと変よ」

肩を叩かれて振り向くと、村上が青ざめた顔をして立っていた。中からはきっと、何の音も聞こえてこないのだろう。

「まさか……」

嫌な予感がした。麻美の不自然な挙動が、次から次へと頭の中で再生される。

坐っていた二人も、真剣な表情でこちらに向かってきた。そのただならぬ雰囲気は、まるで変事を予期しているかのようだ。

満はドアのノブを回した。鍵《かぎ》が掛かっている。どの部屋も同じ構造なのなら、錠は小さなつまみを捻《ひね》るだけの簡単なもののはずだ。壊して中に入るのは、そう難しいことではない。

何人かで扉を叩き、ノブを回してみる。反応はなかった。音については分からないが、麻美が外へ出てくる気配はない。これだけ外で騒がれて、部屋にいるのだとしたら、返事ができない状態にあるとしか考えられなかった。

「ドアを壊す前に、外へ回りましょう」

唇を読んだというよりも、長谷川の手が外を指したのを見て、判断したものだった。身のこなしの軽い桜木が、一番に玄関へ向かった。

満も遅れないように、その後に続く。長谷川も大きな身体を揺らして、一緒に走りだした。村上ももちろんついてくる。

外は朝の光に満ち、秋晴れの爽《さわ》やかな天候だった。穏やかに降り注ぐ陽射しからは、事故など思い浮かべることもできない。

先頭の桜木は、既に窓のところに到着していた。俳優は身体が資本だから、朝の体操のときに感じた通り、日頃から鍛えてあるのだろう。少し走ったくらいでは、息も切らしていないようだ。満もすぐに追いついて、窓が開かないかを試してみる。ドアと同じで、鍵が掛かっていた。

「あれは……」

中の様子を覗《のぞ》いていた、桜木の唇がそう動いた。遅れて着いた長谷川も、大きく息を弾ませながら、指差された先に目を凝らす。

カーテンが閉めてあって、部屋の状態は直接は分からなかった。しかし、電気が点《つ》いたままなのか、ぼんやりとしたシルエットが見える。

「ひ、人ですか？」

怯《おび》えた顔をこちらに向けて、長谷川が確認するように訊く。空中に浮いているように見えるのは、確かに人の形をしていた。

人間だとすれば、首を吊《つ》った格好だった。まさか、麻美が自殺したとでもいうのだろうか。

村上は窓を開けようとし、鍵が掛かっていると知ると、手で叩き始めた。強化ガラスが使われているみたいで、その程度の衝撃でガラスが割れることはなかった。

「ドアにしましょう」

山荘の中の方を指差し、長谷川がそう口を動かした。ラッチ一つのドアの方が、壊すのは簡単そうだった。

今度は満が先頭で、建物の中へ戻る。日頃からの運動不足がたたり、内と外の往復だけで、へとへとだった。しかし、そんなことはいっていられない。麻美の無事を、満は一刻も早く確認したかった。

ドアは内開きだった。体当たりをすれば、多分破れるだろう。玄関の扉と違って、部屋のドアはそうしっかりした造りのものではなかった。満は細い身体に力をこめて、ノブの近くに肩からぶつかった。

廊下が狭いために、あまり助走がつけられなかった。二、三度試してみたが、芳しい手応《ごた》えがない。そこへ、桜木が戻ってきた。長谷川も重い身体を引《ひ》き摺《ず》るように、走ってやってくる。その後ろには、顎《あご》の上がった村上の姿も見えた。

男三人でぶつかると、扉が歪《ゆが》んだような感触があった。金属のラッチが曲がったのだろう。満は他の二人と呼吸を合わせて、またドアにぶち当たった。それを何度か繰り返すうちに、やっと扉は壊れた。

勢い余って、つんのめりそうになりながらも、満は倒れずに耐えた。加速度がつくと止まらない長谷川は、部屋の中に転がっていった。同じように踏み留まった桜木は、もう前を見上げている。そこにはロープで首を吊った麻美の姿があった。

次の瞬間、何を見ているのか分からなくなった。視界が急にぼやけて、目の前の光景が現実のものか、幻影にすぎないのか、判断できなくなった。

満はぼんやりした頭で、麻美を降ろしてやろうと思った。今ならまだ間に合うかもしれない、早くしなければ、そう考えた。

長谷川の大きな身体が、満を抱いて引き止める。ゴム鞠《まり》のように柔らかい感触だが、力は万力のように強かった。

「尾羽さんは、もう死んでいます」

おそらくは、何十回も繰り返していたのだろう。満は麻美の変わり果てた姿を見つめていたので、長谷川がそう言っているのに、しばらく気付かなかった。

全く知らないうちに、村上も部屋の中に入ってきている。その目が涙で潤んでいるのを見て、ようやく現実に立ち戻った。

「どうして……」

小さかった麻美の身体が、一層小さくなったように見えた。昨日の不自然な行動は、自殺を決意していたせいだったのか。

満の独り言のような問い掛けに、誰も返事をしなかったようだった。誰からの返事も聞きたくはなかった。

天井の梁《はり》から吊された様子は、ただそれだけで痛々しかった。心の扉を開くことができず、今度は本当に手が届かなくなった。

「警察に連絡しましょう」

腕の力を緩めることなく、長谷川がそう言った。冷静なのを通り越して、非情とも思える言葉だった。

村上がのろのろと部屋から出ていった。桜木は呆然《ぼうぜん》としたまま、死体を前に立ち尽くしていた。

†

「遺書か？」

死体を検分してもらうため、下に降ろそうとしたとき、その言葉が矢野治雄の耳に届いた。手を止め振り向くと、内田警部補が一枚のフロッピーを握り締めていた。

それは、机の上にあったものだった。飲み物の入ったカップと並んでいたのを、矢野ははっきり覚えている。

机には他に、持ち運びのできる小型ワープロも載せてあった。ラップトップ式のものよりも、さらにコンパクトなものだった。

「ほら、ここに」

その声に、大槻警部がフロッピーを手に取った。作業を一時中断して、矢野も一緒にそれを覗き込む。指で示された問題の文字は、極めて判読しにくいものだった。しかし、そこには尾羽麻美の名前とともに、確かに「遺書」と書かれてあった。

「ひどい字ですね」

文字を習ったばかりの子供が書くような、安定感のない揺れた筆跡だった。矢野の正直な感想に、内田警部補は強くうなずいた。

「それで今まで放ってあったんだ」

フロッピーは現場に着いたときから、全員の目に触れていた。それを今頃、遺書と気付いたのは、その文字をすんなり読める人間が誰もいなかったからだ。

「それはともかく、早く中身を見てみましょう」

そう言うと、大槻警部はフロッピーをワープロ本体に挿入した。矢野だけでなく、小林刑事も野崎刑事も、死体を降ろす仕事をおいて、画面を覗《のぞ》き込みにきた。

矢野はディスプレイに現われた、ワープロの文字を読んだ。そう長いものではなく、簡潔な文章で自殺する動機が淡々と述べられていた。


遺書というものを、どのように書けばいいのか、かなり戸惑っています。

でも、私が死んでから、誰にも迷惑がかからないように、ちゃんと書き残しておかなくてはならないでしょう。私は誰の手にかかるのでもなく、自らの手で命を絶つのだ、ということを。

あまりくだくだと書かないでおきます。読まされる方も困りますものね。

私が自殺する理由は二つあります。一つは、息子が半年前に事故で逝《い》ったこと。彼女と湖へ遊びにいって、ボートに乗ったまま帰ってこなかったのでした。もう一つは、私自身が膵臓《すいぞう》ガンに冒《おか》されていること。息子の死に泣き暮れていた間に、あと三カ月の命になっていました。

この山荘へのお誘いがあったときから、今日のことは決めていました。せっかく招いてもらったのに、本当にごめんなさい。

それでは、これでお別れです。本当の意味でのお別れです。

さようなら。

尾羽麻美

「これはすぐに確認した方がいいですね。事情聴取しますか」

丁寧な口調で言いながら、大槻警部は後ろを振り返った。検死官の望月伸彦が、検案を済ませるために、死体を先に降ろして欲しそうな目をしている。

「いや、私と野崎で片付けてきます」

遺書の要点を手帳に控えながら、内田警部補がそう返事した。死体の検分だけでなく、現場検証さえ、まだ十分には行なわれてはいない。

「お願いできますか」

大槻警部はごく自然に頭を下げた。矢野はその礼儀正しさに、戸惑いを覚えるほどだった。内田警部補の方が年上ではあったが、警察では階級が絶対である。それに、年下の部下に対しても、大槻警部の腰の低さは変わらなかった。

「行くぞ」

メモは取り終えたようだった。フロッピーを取り出すと、内田警部補は野崎刑事を連れて広間に向かった。

矢野は再び死体を降ろす作業に戻った。小柄で、体重も軽かったため、作業はそう大変でもなかった。

室内には、装飾なのだろうが、頑丈そうな梁《はり》が一本渡されている。それが首をくるのに、ちょうどの高さというのが皮肉だった。下で死体を支えてもらいながら、鋏《はさみ》でロープを切断する。梁にくくりつけるのも、首を入れる輪を作るのも、どちらの結び目ももやい結びだった。

尾羽は年齢こそ高かったが、生前は美人だったのではないかと思わせる顔立ちをしていた。ベッドに寝かせると、望月検死官が待ちかねたように検分を始める。小林刑事は部屋の外に手掛かりを求めて出ていった。矢野はドアの周辺を調べている大槻警部に近づいていった。

発見のあらましを聞いた限りでは、現場は密室状況だった。この部屋の出入口は、ドアと窓の二つしかない。それがどちらも内側から施錠されていたという。大槻警部はその確認を行なっているようだった。

「何の痕跡《こんせき》もありませんね」

やはり丁寧な口調で、大槻警部が言う。おそらく、外から機械的な操作で、施錠した形跡がないか、調べていたのだろう。

「問題なしですか」

ラッチの曲がったドアを見ながら、矢野はそんな言葉しか返せなかった。気の利いたことを言うには、捜査課での経験がまだ少し足りない。

それは、ドアについたつまみを回すだけの簡単な錠だった。九十度回転すると、ラッチが受け口の方にはまり、鍵《かぎ》の掛かった状態になる。扉を破るときの力で、その金属はねじ曲げられていた。歪《ゆが》み方を調べても、不自然なところは見つからない。

「鋲《びょう》などを打った跡もありません。ドアとの間には、意外に隙間《すきま》がないですしね」

多くのものが木でできているために、その確認は難しくなかった。扉とその周りには、内側も外側も、押しピンの穴一つない。

「機械的な方法ではないようですね」

大槻警部は結論を出した。

「普通に内側から鍵を掛けたということですか」

扉を動かしてみながら、矢野は問うでもなく言った。

「もっと細かい調査が必要ですが、おそらくはそうでしょう」

そう返事をすると、大槻警部は窓の方に向かった。こちらはドア以上に調べるところがなさそうだった。

カーテンを開くと、眩《まぶ》しいばかりの陽光が入ってきて、部屋の中が急に明るくなった。窓は真ん中を軸に回転するもので、レバーのようなもので施錠する。かなり固くなっていて、手で動かすにも骨が折れた。そもそも窓を全開しても、この広さでは人が通れるかどうかさえ怪しい。

「こちらも異状ないようですね」

窓の外を見ながら、大槻警部は言った。地面は固くて、足跡などは残っていないようだった。

「施錠の状態には、問題がないということですか」

先程と同じような口調で、矢野は相槌《あいづち》代わりに言った。部屋が密室状況のうえに、遺書が見つかったとなれば、これは自殺である可能性が高い。

「窓にしても、ドアにしても、内側から普通に施錠したと考えて、間違いないと思いますが」

いつも慎重な大槻警部が、珍しく断言するように言った。よほど自信があるに違いなかった。

部屋の中には、毛髪などの細かいものを採取する、鑑識の係員も動いている。迷惑にならないように、矢野はすぐ窓を閉めた。外には青々とした山並が連なり、雲一つない空が広がっている。その景色は残しておきたくて、カーテンはわざと閉めなかった。

現場検証を進めている間に、死体の検分が一通り終わっていた。矢野は大槻警部に従って、そちらを調べにいった。

「解剖してから詳しい報告は出しますが、単純な縊死《いし》ではないようです」

望月検死官は整った顔を曇らせると、戸惑った声で言った。

「自殺ではない、ということですか？」

大槻警部は直截的《ちょくせつ》に尋ねた。

「死体の頸部《けいぶ》についている索溝を見てください。斜め上のものだけでなく、首の後ろ側に向かうものもあるでしょう」

首に巻かれていたロープは、既に少しだけ緩めてあった。痛々しい青痣《あおあざ》のような跡は、望月検死官の言う通り、二つの方向に分かれている。

「御存知とは思いますが、自分で首を吊《つ》った場合、このような筋はできません。斜め上方向の索条痕しか残らないはずなのです」

「誰かが首を絞めて殺し、その死体を吊り下げた、ということですか？」

「その可能性もある、ということです」

望月検死官は断定を避けた。

「少なくとも、不自然な点はあるということですね」

「そうです。この皮下出血の状態からして、二つの索溝は時間的に近接して、残されたものと思われます。首の後ろ側に向かう方は、絞殺した際に残る索条痕と同じですから、他殺を自殺に偽装した可能性も十分にありますね」

「偽装ですか」

そう答えながら、大槻警部は一方でロープを調べていた。結び目の形を熱心に見つめている。

「これは……」

「死亡推定時刻は、今日の午前零時から二時までの間。解剖すれば、もう少し幅を小さくできるでしょう」

望月検死官の所見に、矢野はうなずき、メモを取った。大槻警部はロープに浮き出ている微かな染みに、心を奪われているようだった。

「それから、何らかの薬を服用していた可能性があります。催眠剤や鎮静剤ではないかと思いますが……」

「このカップの中身は、鑑識に回していますね？」

振り向いて、大槻警部が机の上のカップを指差しながら尋ねる。

「はい。現場に着いてすぐに」

矢野は自信を持って答えた。

「このロープも、鑑識に回してください。染みの成分の分析を頼みたいんです」

「分かりました」

首のところでロープを切ると、矢野はそれをビニールの袋に入れた。その証拠物件を、まだ部屋にいた鑑識課の人間に預けて、化学分析を依頼した。

「それじゃ、私はこれで。解剖を済ましたら鑑定書をお渡しします」

そう言い残すと、望月検死官は現場を後にした。大槻警部は礼儀正しく、頭を下げて見送っていた。

しかし、検死の結果、事件の風向きがかなり変わってきた。単純な自殺と考えられていたのが、殺人の可能性が出てきたのだ。

難しい顔をしながら、大槻警部は机に向かい、ワープロの画面を見始めた。その内容をもう一度、確認しているようだった。

読み直しても、中身自体は変わるはずもない。ポイントは二つだ。息子が事故で死んだことと、尾羽自身があと三ヵ月の命だったこと。これらが事実として、それを知っている者であれば、この遺書を書くことができたということになる。

フロッピーに記録されたものだから、筆跡に関しては考える必要がない。ワープロに入力し、登録しておけば、それで済む話だ。遺書の文面は、事実さえ知っていれば、簡単に作ることができる。中身を偽造することは、このうえもなく容易だ。

そこまで考えたとき、内田警部補が部屋に戻ってきた。部屋の外を調べていた小林刑事が、何故か付き添っていた。

「事実確認が終わりました。野崎に裏を取るよう、走らせています」

そう報告すると、内田警部補は持っていたフロッピーを鑑識の係員に渡した。表に書かれた文字の筆跡鑑定を頼んでいた。

大槻警部は画面から目を上げて、後ろを振り向いた。その顔は穏やかなもので、先程までの難しさは既に消えていた。

「まず、タイトル欄に書かれていた文字が、尾羽麻美のものかどうか、ですがね」

「確認できましたか？」

「ええ。尾羽満は嫁さんのものに間違いないと証言しましたよ。周りの友人たちも、それを認めています」

その報告に、矢野はさっき考えたことの続きが成り立たないことに気付いた。中身は誰でも作ることができるが、フロッピーの表の筆跡は尾羽本人のものだった。遺書という文字と署名は、他の人間には記すことができない。鑑定の結果はまだだが、何人も騙《だま》せるほど筆跡を似せるのは、決して容易ではなかった。

「あの悪筆を真似るのは、かえって難しいでしょうね」

「そうですな。……しかし、何故真似なければならないんです？」

「状況に変化がありましてね」

大槻警部はベッドに寝かされたままの死体を指差した。それから、検死の報告を始め、現場検証の結果を洩《も》れなく、内田警部補に説明した。

「ということで、この遺書も偽造かもしれない可能性が出てきたのです」

「なるほど。それは大変だ」

「この字には特徴がありますが、安定感に欠けるだけに、真似るのは難しそうです。微妙に揺れていますから……」

「それには事情がありまして」

今度は内田警部補が、死体を指差して言った。右手にだけはめられた手袋をゆっくりと外した。

「尾羽麻美は右手に障害を持っていた、というんです。事故による後遺症らしくてね。この中指と薬指が曲がらないのは、死後硬直のせいではなくて、生きていたときからなんですよ。ほら、引きつったような跡が残っているでしょう」

よく見ると、火傷《やけど》に似た跡形が二本の指にあった。女性なら、手袋で隠したくなる気持ちは分かる。

「だから、こんな字になるわけで。生まれたときから障害があれば、左手で書くようにしたんでしょうが、不慮の事故の結果ですからね」

その理由を聞いて、矢野は強い後悔の念に襲われた。ひどい字だなどと、迂闊《うかつ》に言ったりするのではなかった。差別するつもりなど微塵《みじん》もなかったが、生きていれば相手は傷ついただろう。知らなかったとはいえ、矢野は激しい自己嫌悪に陥った。

「そういう事情で、尾羽はこのノート型ワープロを、いつも持ち歩いていたそうです。あの筆跡ですから、仕事の必需品でもあったんでしょうな。遺書をワープロで書いたのも、納得できるというもんです」

「なるほど。そして、自分が間違いなく書いたと分かるように、フロッピーの表にだけ、遺書という字と、自分の名前を残したんですね」

「そういうことです。誰かが偽造したんでなければ」

大槻警部はため息をついた。

「それで、遺書に記されていた内容についてはどうでした？　息子の事故と本人のガンの告知については」

「ええ。息子の事故に関しては、簡単に確認できました。裏を取る必要もないくらい、みんな知ってましたよ」

　自信に満ちた口ぶりで、内田警部補は答えた。

「みんなというのは、ここに集まっている人たちですか？」

「そうです。連中だけでなく、同期はたいがい知ってるようですよ。半年前のことですからね」

　親しい者なら連絡を取るだろうし、役所の中で訃報《ふほう》も回るだろう。通夜や葬儀に顔を出せるよう、普通そうなっている。

「その事故というのが、春先に彼女と湖に出掛けたとき、起きたらしいんです。ああ、彼女というのは尾羽のことではなく、息子の恋人という意味ですがね。それで、遺書にもあった通り、ボートに乗って出たまま、帰ってこなかったんだそうです。二人とも水死体で上がったので、詳しい経過は分からないんですが」

「恋人とですか……」

「人も羨《うらや》むような仲だったらしくて、尾羽は一週間泣いて暮らしたそうです、忌引休暇の間ずっとね。それはひどい落ち込みようで、一ヵ月以上、仕事の他は家に閉じ籠《こも》っていたらしいですよ」

「一人息子ですか」

「そうなんですよ。三ヵ月ほど経って、ようやく外に出始めたといいます。同期会などにも出席して、やっと元の姿に近づいていた、というんですが……」

「そんなときに、不治の病と知らされたのですか？」

大槻警部の言葉が、ずしりと重く響いた。短い間だが、誰も口を開かないでいた。

そんなタイミングで告知されたとしたら、自殺を考えるかもしれない。悲嘆に暮れている間に、病魔に冒《おか》されていたと知れば、全てを投げ出したくなる気持ちも分かる。

「それが、確認できていないんですがね」

少ししてから、内田警部補が低い声で答えた。

「どちらがですか？　告知の時期ですか、それとも、本当に不治の病だったかどうかということですか？」

「両方です」

内田警部補は眉毛《まゆげ》を掻《か》きながら言った。

「つまり、尾羽麻美があと三ヵ月の命だったということを、夫の満ですら知らなかった、そういうことですか」

「ええ。旦那でさえそうですから、他の連中は知る由もありません」

天井を見上げると、大槻警部はふっと息を吐き出した。

「本人だけが告知を受けていた、ということですね」

「尾羽は仕事上、医者との付き合いが多く、個人的に親しい者もいたそうです。診察の際の気配から何かを感じ取り、問い質《ただ》したのかもしれませんな」

「なるほど」

普通とは逆のケースだが、医者が友達なら想像できないことでもなかった。変調が著しくなればともかく、自由に動けるうちなら、夫に黙っておいて欲しいという友人の最後の頼みを、聞き入れてやる医師がいてもおかしくはないだろう。

「とりあえず、親しかった医者の名前を聞き出して、野崎に洗わせています。すぐ確認できると思いますが」

「そうですね。解剖でも、末期ガンの報告が出てくるでしょうし」

「ついでに、湖の事故の方も裏を取らせますか。小林に頼みましょう」

内田警部補は素早く命令した。黙って話を聞いていた小林刑事は、返事だけして部屋を飛び出していった。

「しかし、夫でさえ知らなかったとなると、この遺書はやっぱり、尾羽本人が書いたものということになりますね」

三人だけになって、矢野は初めて口を挟んだ。

「病気の事実を、知っている人がいない、ということですか」

「そうです」

「少なくとも医者は知ってるだろう」

内田警部補がすぐさま異論を唱える。

「すると、殺人の場合、犯人はその医者ですか？」

横槍《よこやり》を入れられたようで、矢野は口調が刺々《とげとげ》しくなった。

「そんなことは言ってはいない」

「じゃあ、他にどんな人が考えられます？　夫にさえ打ち明けてない話を知らせる相手ですよ」

「親しい女友達なんてのはどうだ？　身の回りの世話を毎日頼むことのない親友なら、気楽に言えるかもしれない。または、全く逆に不倫の相手かな。夫にだけは知られたくなかったという場合だってあるだろう」

思わぬ反撃に、矢野は言葉を失った。捜査に長年携わっているだけに、内田警部補の考えはそう浅くはなかった。

「こっそり打ち明けられていた人間がいるかもしれませんね。その数が多いとは決して思えませんが」

穏やかな声で大槻警部が言った。

「尾羽の周辺を洗えば、それは分かるでしょう。知っていたと、素直に言うとは限りませんがね」

「そうですね」

「ただ、問題はフロッピーの表に書かれた文字の方ですな。鑑定の結果待ちですが、本人のものだとすると、やはり遺書は本物ということになる」

「それなんですがね……一つ考えがあるのですよ」

大槻警部がそう言ったとき、広間にいた喜多刑事が入ってきた。

「留守番電話の確認をしたそうです。とりあえず聴いた限りでは、テープの中身に不審なところはないとのことです。尾羽麻美の説明通りだった、と。持ち帰ってから、精密な機械で専門家に聴いてもらう、と言ってましたが」

「そうか」

内田警部補は一度だけうなずいた。報告を済ませると、喜多刑事はすぐ部屋を出ていった。

「何ですか、そのテープというのは?」

興味深そうな顔で、大槻警部がゆっくりと尋ねた。

「いや、尾羽満を尋問した際に、おもしろいことを言い出しましてね。それで調べさせたんです」

「ほう」

「妻の様子には、昨日から違和感があった、どこかおかしかったと言うんです。具体的に何が変だったのか訊《き》いてみると、電話とファックスだと答えたんですよ」

「電話とファックスですか」

「ええ。朝、横山典子からファックスが入ると、ひどく青ざめた顔になり、その後の留守電のメッセージを聞いて、かなり動揺したようだと」

　大槻警部は、やっと話が飲み込めたという顔をした。矢野にも内田警部補がおもしろいと言った意味が、ここにきて分かった。

「ファックスの方はともかく、テープには何が録音されているか、尾羽満には聞くことができないでしょう。本当に妻の言った通りの内容だったのか、すぐ調べて欲しいと言われましてね」

「渡りに舟、ですね」

「そうなんです。妻は、仕事で遅れるという山下健二からのメッセージだった、と説明していたが、多分、相手も中身も違うだろう、耳が聞こえないのをいいことに、妻は嘘《うそ》をついたのだと思う、尾羽満はそう主張するんです」

「ありそうなことですね」

「ええ。それで、家の鍵《かぎ》はポストの裏側に貼《は》りつけてある。勝手に入ってもいいから、早く電話を調べてくれって、急《せ》かすんですな。願ったり叶《かな》ったりの話なんで、こちらもその場で電話して、すぐに調べさせました」

「うまい具合に、鍵がありましたね」

「以前、嫁さんが鍵を落としたことがあったんだそうです。旦那《だんな》は中で寝てるんだが、耳が聞こえないもんだから、いくらドアを叩《たた》こうが、窓際で叫ぼうが、開けてもらえない。それ以来、そこに鍵を置くことに決めたんだそうでして」

大槻警部は軽くうなずいた。

「それで、メッセージを調べた結果、尾羽麻美の言っていた通りだった、ということですか」

「そのようですな。その電話が、自殺を決定づけたのかと、考えていたんですが」

「しかし、気にはなりますね。そんな内容なら、動揺する必要はなさそうですし」

「殺しだった場合には、重要なポイントにもなりそうです」

内田警部補の殺しという言葉で、矢野は未解決の問題を思い出した。

「でも、殺人はあり得ないでしょう。施錠の問題はどうするんですか？　部屋を調べた限り、不審なところは見当たらなかったじゃないですか」

柔和な表情を崩さず、大槻警部はゆっくり首肯した。

「そうですね。それは今から、発見者全員の事情聴取を通じて、突き止めていくしかないでしょう。証言に矛盾がないか、何度も尋ねることですね」

「フロッピーのタイトル欄に書かれた文字の問題だってあります」

手応《てごた》えのなさに、矢野は少しむきになって言った。

「ああ、そうでしたね。ただ、あれは、尾羽麻美が小説を書いていなかったか、尋ねてみようと思っているのですよ」

「小説ですか？」

「まあ、小説に限らず、エッセイでも、詩でも、創作なら何でも構わないのですが」

その言葉に、内田警部補がなるほど、というようにうなずいた。しかし、矢野には大槻警部が何を考えているのか、よく分からなかった。

「では、行きましょうか」

大槻警部が先頭に立って、その部屋を後にした。自分の未熟さを意識しながら、矢野は二人の背中を見つめていた。

†

今日は何もなかったか、村上が職場に電話で尋ねていた。副館長ともなると、たとえ休暇中でも、連絡する必要があるらしい。問題が起きたときには、確かに責任を取る立場にあるだろう。幸いにも、トラブルはなく、職員の一人が気分を悪くして、早退しただけということだった……。

軽く肩を叩《たた》かれるまで、満は村上の唇を読んでいることに気付かなかった。感覚が変に研ぎ澄まされていて、いつもなら速すぎる口の動きが、知らずに頭に入っていた。

「大丈夫ですか？」

細い目をさらに細めて、長谷川が心配そうに問いかけてくる。言葉による伝達が十分でなくても、表情からちゃんと伝わってくるものがあった。

満はうなずいて、口を開こうとした。しかし、気持ちだけが空回りして、声にならなかった。

時計の針はもう六時を指そうとしている。警察の尋問は、三十分ほど前に終わったばかりだった。こんなところからは、早く出ていきたかったが、身体がいうことを利かなかった。気力が萎《な》えて疲れ果てていた。

時の経過とともに、麻美の死の衝撃は少し薄らいでいた。手の届かなかったものに、手が届かなくなっただけだ、そう慰められるようになった。麻美の心には閉ざされた扉があり、満の踏み込めない領域があった。最愛の息子を失くしてからは、特にその傾向が強くなっていて、その死を麻美は独りで悲しんでいるようにさえ思えた。

そのときから、満はこのことを無意識に予感していたのかもしれない。立ち直る気力はまだないが、麻美の死を静かに受け入れられる気持ちになっていた。

しかし、警察の事情聴取のおかげで、身体はくたくたに疲れていた。一方的に質問されただけで、時間の無駄遣いだった。部屋の施錠について何度も訊《き》いたり、麻美が創作活動をしていなかったかと、意味不明の問いを投げてきたりで、何を考えているのかよく分からない。留守番電話の話をしても、本当に調べてくれたのか、麻美の説明した通りだったと言う。応接は丁寧だったが、手話のない長時間の対話で、肉体的な疲労が増しただけだった。

電話が終わり、村上が戻ってきた。入れ替わりに、長谷川が職場に連絡を入れるため、席を立った。区役所の課長だと、図書館より多くのトラブルを抱えているに違いない。満もあの無愛想で横柄な応対に、腹の立つことがよくあった。

桜木は長谷川の車を借りて、銀行に出掛けていた。お金を下ろしてくるという。尋問が終わった直後では、事件を取材する報道関係者は、まだ帰っていなかった。桜木は外へ出ていくのに、マスコミの人間に悟られないよう、サングラスなどで変装していた。俳優の仕事は休業していても、殺人事件なら十分話題性がある。桜木だと分かれば、喜んで餌食《えじき》にするに違いない。

そう思っていると、今度は村上に右腕を叩《たた》かれた。満はとりとめもない考えに耽《ふけ》っていたことに気付いた。何もすることがないのがつらい。作業があれば、それに没頭することで、あれこれ考えなくて済む。仕事に縛られているとはいえ、職場に電話できる二人が、満には羨《うらや》ましかった。

「手話を教えてくれる？」

気分を紛らせようと考えてくれたのか、村上が手話でそう頼んできた。唇だけ読むのには疲れすぎていたが、話すこと自体が嫌なわけではなかった。

「仕事はどうですか？」

満は一般的な話題を選ぶことにした。ある程度知っている人には、会話を通じて教えた方が、楽しいし効率もいい。

「忙しいのよ。毎日ばたばたしてってね」

「帰る時間も遅い？」

「いいえ、今はそんなに。でも、休みがね。月曜が休館日だから、土曜も日曜も出勤でしょ。家族や友達と合わなくて、いろいろ苦労するのよ。子供の運動会に行けなかったとかね」

手話でできないところを、村上は口の形と指文字で補っている。そこを満は丁寧に説明した。麻美がいたから遠慮していただけで、村上はかなり手話ができるようだ。図書館の講座へは、きっと真面目《まじめ》に通っていたのだろう。

「中央図書館にいたときはね、終わる時間が遅いのよ。晩の九時まで開いてるから。早い勤務と遅い勤務の二つに、分かれてはいるんだけど、これは体調の維持が大変でね。寝る時間とか食事の時間がばらばらになるから、身体を悪くして……」

村上の視線が、何故か泳ぐように動いた。その目につられるように振り向くと、玄関のドアが開いて、知らない人間が入ってきていた。

その男は、手に新聞と、スーパーのビニール袋を持っている。満に断ると、村上は立ち上がって、玄関へ向かった。

ちょうど電話を終えた長谷川が、夕刊だけもらってこちらにやってきた。十四日という今日の日付が、渡された拍子に見えた。

満は新聞を読む気にはなれなかった。長谷川に勧めたが、やはり首を振る。放り出そうとすると、隅の方に新聞が積んであった。一番上のは今日の朝刊だったが、これもきれいに畳まれたままだ。誰も読まずに放置している上に、満は来たばかりの夕刊を載せた。

麻美の記事が載っているかもしれない、そう思うだけで気が重かった。自分の中で消化しつつあるものを、無神経に乱されそうな気がした。

　スーパーの袋を抱え、村上が戻ってきた。男は荷物を届ける役だったらしく、用が済むとすぐに山荘から出ていった。

「ここの持ち主に頼んでおいたのよ。今の人はその友達で、地元の人なんだけど」

　重そうな袋をキッチンに置きながら、村上が説明してくれた。食事などを作る材料を、買いに出なくても済むよう、電話で連絡すれば、次の日に届けてくれる約束だという。新聞もやはり頼んでおいたらしい。周りには何もないところだから、数日過ごす人間はそうしないと不便で仕様がないだろう。

　席に着くとき、村上はさっきまでと違う場所に坐《すわ》った。もしテーブルが四角形なら、三人がそれぞれ別々の辺に位置する格好になった。

「手話で話していましたね」

　唇を大きく動かして、長谷川が話し掛けてきた。

「村上さんの仕事のことを、教えてもらっていたんです」

　満はわざと手話をつけて言った。長谷川には悪かったが、唇を読むのは尋問で嫌になっていた。

「そうですか。私には手話はできませんからね……」

　こちらの気持ちを悟ったのか、長谷川はすまなさそうな表情で言った。口話だけで会話を続けるのには、実際、限界があった。

健聴者が話をする場合、通常、目を使う必要はない。相手の顔を見ることはあっても、目を離さずにいることは珍しいだろう。しかし、口話での会話となると、常に緊張して相手の唇の動きを見なくてはならない。手話を読み取るのでさえ、長時間となれば疲れるのに、口となるとその比ではないのだ。

また、それとは反対に、相手が嫌がることもあった。じっと見つめられる格好になるので、何だか恥ずかしいというのだ。恋人同士ならともかく、普段、気楽に話すときには、適当に目を逸《そ》らしているだろう。顔をずっと見られたまま喋《しゃべ》ることに、多くの人は慣れていない。

もちろん、いつもの満だったら、こんな態度を取ることはなかった。疲れているからといって、会話を拒否することなど、絶対にない。障害者への理解を深めてもらうには、コミュニケーションが不可欠だと、常々考えている。交流を持たないで、関心を持ってもらうことなど、あり得ない話だからだ。

しかし、今日は事情が全く違っていた。麻美が自殺したのだ。警察が来て、意味のない尋問をされ、それが何度も繰り返されて、長時間にわたった。疲れているどころの話ではなかった。自分がぼろぼろになっていて、人の立場を気遣える状態ではないのだ。

その瞬間、満は帰ろうと思った。早く家に帰りたかった。

ここにいれば、こんなふうに人を傷つけることになる。自分自身も、もっと傷ついていく。

そう考えて立ち上がったとき、玄関から桜木が入ってきた。車のキーを弄《もてあそ》んでいたが、満の姿を見ると、その軽快な動きが一瞬止まった。

「ATMって、六時を回ると、自動的に手数料を取られるんですね」

サングラスを外すと、桜木は戸惑ったように言った。話し掛けた方がいいが、何を話していいか困るといった、複雑な表情が表われていた。

「キーは預かっておくよ。帰りも私が運転するんだろう？」

今度は、坐っている長谷川に向かって、桜木は車のキーを示した。息子に先立たれ、妻に自殺された男に向ける言葉は、そうは多くはなかった。

「ええ。お願いします」

桜木は長谷川と村上と、三人で一緒に来たと言っていた。車は長谷川のものだったが、運転したのは桜木だったらしい。

「もう出ますか」

帰りたいと思っているのは、満だけではないようだった。疑問の形を取りながら、長谷川は腰を浮かせていた。

「……わ、私は嫌ですからね。あなたたちとは帰らないから」

村上の方を見たとき、その唇が激しくそう動いた。首を大きく横に振り、身体全体で拒絶を表わしていた。

「どうしてです？」

「どうしてって、わ、分かりきってるじゃないの。二人のうちのどちらかが、殺人犯だからよ」

「殺人犯？」

二人の会話が早すぎて、満は目が回りそうだった。卓球の試合を早送りで見せられている気がした。

「警察の尋問を聞いたでしょ。あれは殺人だと疑っていたわ。それでなくて、どうして鍵《かぎ》やフロッピーのことを、ああもしつこく訊《き》くのよ」

殺人という言葉を聞いて、満は頭の中が熱くなった。感覚だけが異様に敏感になっている。これは、肉体的な限度を超えたときの高揚感なのかもしれない。早口なはずの村上の言葉も、不思議なくらいすらすらと目に入ってくる。

「密室なんて、推理小説に出てくるトリックを使えば、すぐできるわね。遺書はワープロで書かれていたから、犯人にも簡単に作れたはずでしょ」

そんなはずはない、満は反射的に思った。遺書は全く麻美らしい内容だった。満について触れることなく、余計な気遣いの言葉もなかった。満宛《あ》てということすらなかった。麻美と満の間では、それが自然なことだったからだ。何も書いてなかったことが、満の気持ちを楽にしてくれていた。却《かえ》って負担を軽くしてくれていた。

「麻美はね、ワープロで小説を書いていたのよ。きっと、『遺書』って題名の小説をね。だから、フロッピーのタイトルには、その題名と自分の名前を書いておいた。これって、ありそうなことでしょ。犯人はそのフロッピーを利用したというわけね。入っていた小説を消して、遺書の文面を打ち込んだのよ。麻美なら遺書をワープロで作成するのは不自然じゃないし、そのフロッピーの表に本人の字で『遺書』と書いてあれば、誰だって本物だと思うものね」

　村上の口の動きが、意志とは関係なく読み取られていく。ただ、その内容は、満にとって我慢のならないものだった。

　麻美が自殺した事実に、ようやく立ち向かえる勇気が出てきたというのに、それが殺されたとすると、一体どうすればいいのか。誰かが麻美の首を絞め、天井の梁《はり》から吊《つ》り下げた？　その犯人の細かなやり口を、村上は御丁寧にも説明していく。しかし、そんな方法を教えて欲しいと、決して望んでいるわけではない。

　満はいたたまれない気持ちになって、半ば走るようにして部屋に戻った。もう何も考えず、家に帰りたかった。荷物をまとめて、掛けてあったブレザーを着る。針金のハンガーは、そのまま鞄《かばん》の中に突っ込んだ。

　誰かが部屋に来たようだったが、満は気にも留めなかった。見なければ、相手の言葉は分からず、気配も感じなかったで押し通せば関わらないで済む。満は憐《あわ》れみや同情で、自分を見て欲しくなかった。麻美の死が耐えられないのではなく、無神経な会話を我慢するのが嫌になったにすぎない。

　車のキーは麻美から受け取って、ポケットに入ったままだった。残った荷物などは、後で送らせてもいい。とにかく、ここを出たかった。早くこの場から立ち去りたかった。

自分の荷物だけ持つと、急ぎ足で玄関に向かった。居合わせた人に見向きもしないで、満は山荘から飛び出していった。

中入り

第一章を読み終えて、桜木は深くため息をついた。原稿は、失くした記憶を呼び覚ます手掛かりにはならなかった。

これは、調書や報告書といった、客観性を持つ資料の類《たぐい》ではなかった。普通に読めば、小説だった。手紙には事実だと書かれてはいたが、これが創作でない保証は、どこにあるのだろう。この通りのことが実際にあったかどうか、原稿だけでは確認のしようがなかった。

細かいところに関していえば、確かに本当のことばかりだった。

例えば、桜木の本名が剛毅というのは事実だった。剣道の道場を開いていた父親が、古武士のような男に育って欲しいと、願ってつけた名前だった。

それを和己に変えたのは、映画でデビューするときだった。桜木剛毅では、偉い軍人さんみたいで、見た目の印象と違いすぎるという。音にしても、字面にしても、あまりに荒々しくて、繊細なイメージを壊してしまうらしい。女性的な響きを持たせた方がいいと言われて、桜木は和己という名前を選んだ。

だから、俳優になる前の友達は皆、桜木のことを剛毅と呼んでいた。同期の連中の口から、その名前が飛び出すのも、当たり前のことだった。

その同期の姿に関してだが、これも桜木の知っている通りだった。村上は若い頃からおばさん臭くて、お喋《しゃべ》りで世話好きだった。長谷川は体格の割りには気が小さく、穏やかで人がいい。少ししか出てこない尾羽や、名前だけの横山や山下も、桜木のイメージと一致している。年齢を重ねてはいたが、それでも全く違和感はない。

長谷川がみんなより年下のため、必ず「です・ます」調で喋っていたのも事実だった。誰かが「尾羽さん」と、尾羽を呼ぶたびに、村上が「私のこと？」と言う冗談にしてもそうだった。そういった重要でない細部は、過去の事実と完全に合致している。そこに創作の気配は微塵《みじん》もない。

しかし、事件についてはどうなのだろう。現実を忠実になぞり、手を加えなかったといえるのだろうか。桜木が知っているのは、あの山荘で連続殺人があったという事実だけである。詳しい状況に関する知識は、あえて情報を遮断してきたから、全くないといってもいい。

例えば、警察の捜査を描いているが、証拠の一つ一つは、実際に存在したのだろうか。他殺を示唆する索条痕《こん》は？　ワープロ打ちの遺書は？　怪しげな留守番電話は？　それらは、何も知らない桜木を陥れるために、付け足された手掛かりではないと、言い切れるだろうか。

桜木はそのことを確認したかった。描かれている細かなことが、全て現実にあったのかどうか、確かめたいと思った。

では、過去の新聞を遡《さかのぼ》っていけば、事実かどうか調べられるだろうか。懇意にしている雑誌記者に尋ねれば、そのことが確認できるだろうか。

いや、概要についてならともかく、そんな細かい情報まで、おそらく載せてはいないだろう。警察が報道機関に公表することには、当然限りがあるからだ。やはり、この事件に直接関わった人でなければ、そこまでは知らないに違いない。実際に死体を発見し、警察の尋問を受けた人間でなければ、分からないだろう。

だが、桜木は長谷川や村上に訊くわけにはいかなかった。覚えてはいないが、自分も同じ場に居合わせたはずなのだ。もし尋ねたりしたら、一緒にいたじゃないかと、笑い飛ばされるだろう。

記憶にないなどと言えば、訝《いぶか》しく思われてしまう。逆に、これだけ多くの事柄を、さりげなく聞き出せるとも思えない。いずれにしても、二人から情報を入手するのは、まず無理だった。

だからといって、警察に尋ねるような度胸も桜木にはなかった。もしかしたら、自分が殺人犯かもしれないのだ。こちらの方から罠《わな》に飛び込むような、無謀なことをする勇気はない。

だとすれば、このまま先を読み進めていくしかないのだろう。これは単なる小説なのだと、自らに言い聞かせて……。

ただ、何も記憶に残ってはいないが、一つだけ気になる場面があった。尾羽の死体を発見した直後、天井の梁から吊された姿を、桜木が何も言わず、じっと立ち尽くしているところだ。

覚えているわけではなかった。ただ、何か頭の奥の深いところで、微かに呼応するものがある。思い出そうとしても、雲のようなもので、手応《てごた》えがなく摑《つか》めそうにない。それがとてももどかしく、何故か気になって仕方がなかった。

大きく息を吐き出すと、首を振り考えるのを止めた。続きを読むために、桜木は第二章の原稿を取り上げた。

第二章　第二の事件

山荘で迎える二日目の夜になった。闇《やみ》が音までも飲み込んだように、山は怖いほどの静寂に包まれていた。

広間の窓を閉じると、村上は掘炬燵《ほりごたつ》のようになった円いテーブルに戻った。外の冷たい空気は、高ぶった感情を静めるのに役に立った。

「やはり駄目ですね。家にいないみたいで、留守番電話になっています」

仕方ないといった表情で、長谷川が受話器を下ろした。これで何度目になるのか、まだ連絡が取れないでいた。

「仕事の関係で、二日ほど遅れるとは言ってたけど、ずっと留守なんて」

半ばため息になりながら、村上は不運を呪《のろ》い言った。興奮していたときとは逆に、気持ちが落ち込んでいた。

警察によって山荘が封鎖されたりはしなかったが、集まりを中止することに関しては、全員の意見が一致していた。お互い疑心暗鬼になりながら、長い夜を過ごすのは、決して愉快なことではなかった。

ただ、仕事の都合などで、遅れてやってくる人間もいる。何も知らせないまま、無断で帰るわけにはいかなかった。誰かが事情を説明して、中止を伝えなくてはならない。人のいい長谷川が、皆の嫌がるその役目を引き受けてくれていた。

「留守か」

銀幕の中と同じ顔で、桜木がつぶやくように言った。ずっと会わなかったが、若い頃とあまり変わらないように見えた。

「ええ、まさか、殺人事件があったので、集まりを中止にしますとは、吹き込めないでしょう」

このような事情では、確かに直接伝えるしかなかった。同期の死んだ話を、留守番電話で聞いたりすれば、決していい気持ちはしないだろう。また、たとえメッセージを残しても、それを聴いてくれるかどうか、全く分からない。今夜、帰れないかもしれない、村上は心の中で半分だけ覚悟した。

「山下の方も捕まらないか?」

静かな口調で、桜木が尋ねる。

「これから、掛けてみます」

「もう何回目だろうね?」

「さて、数えてませんが……ずっと出ませんからね」

「仕事か」

「おそらくね。あそこは殺人的な忙しさですから」

そう言いながら、長谷川がプッシュホンのボタンを押した。もう聞き慣れた音色が、ピッポッパッと音楽のように流れた。

今年、財務部長になった山下は、個室を持っているし、電話も専用回線になっていた。部屋に直接つながるため、本人がいなければ誰も出ることはない。部長ともなれば、機密性の高い電話も多くあるからだ。小さな図書館の副館長クラスでは、当然あり得ない待遇だった。

出世至上主義者の山下としては、一定の成果を収めた段階だろう。まさに仕事の鬼で、業務量が最少だったときでさえ、電車のあるうちに帰ろうが、合い言葉だったという。管理職になるためには、組合の執行委員まで務めたくらいだ。上昇志向のない村上は、そこに価値観の違いを感じないではいられなかった。

「こちらも駄目ですね」

受話器を持ったまま、長谷川がため息混じりに言った。

「出ないの？」

村上の耳にも、微《かす》かに呼び出し音が聞こえている。

「部屋にいないのかもしれません」

「忙しくて取らないのかも。それとも、こちらに向かっているかね」

「こちらに向かっている、ですか……」

語尾を濁らせると、長谷川は受話器を戻した。

「第一財務に電話してみたら？　それに、家にも確認してみたらどう？」

いくつか案を出しながらも、村上はほとんど覚悟を決めていた。二人ともに連絡が取れない以上、勝手に中止にして、帰るわけにはいかなかった。

「仕方ないですね」

長谷川はいろいろやってみたが、結局、山下も捕まらなかった。諦《あきら》めた表情で、円形のテーブルのところに戻ってきた。

「どうする？」

整った眉《まゆ》を寄せ、桜木が低い声を出した。年齢を重ね、翳《かげ》りができた分、むしろ魅力に深みが出た気さえした。

「どうするって言われても、残らなきゃしょうがないでしょうね。二人とも連絡が取れないんだから」

「それはそうだが」

「だって、中止にする事情も伝えずに、帰ることなんてできないわよ。集まってくれるよう頼んだ私には、幹事としての責任があるもの」

「なるほど」

眉間《みけん》に皺《しわ》を寄せたまま、桜木は長谷川に視線を投げた。車の所有者の意見を、聞くつもりのようだった。

「帰りたいのはやまやまですけど……」

その視線に圧《お》されたように、長谷川は語尾を途切らせた。見かけとは反対の、力のない声だった。

「だが、殺人事件が起きたんだ」

顔には似合わない厳しい調子で、桜木が反論した。

「……そうですね。確かに、帰るのが普通でしょうね。ただ、山下さんは今、こちらに向かってるかもしれないんです」

小さな声ながら、長谷川ははっきりと自分の意見を述べた。

「こんな事件の起きたところに留まるのは、おかしいと思わないか？」

緊急事態に対処する、ごく常識的な判断ではあった。だが、桜木にはそれだけでなく、マスコミから遠ざかりたいという、保身の意味もあるはずだった。

「ええ。連絡さえ取れれば、早く立ち去りたいですよ」

「連絡か」

「そうです。連絡がつかない以上、仕方ないじゃないですか。中止は当然としても、何も知らせないで出ていけないでしょう」

「事情を後で説明すれば、おそらく納得してもらえるよ」

「着いたときに誰もいなかったら、どんな気持ちになります？　それを考えると、来るのを待って、一緒に帰ってもいいんじゃないかと思うんです」

長谷川がこれだけ自己主張するのは珍しいことだった。いつも人のことを気遣い、自分を殺してしまうタイプだった。

その真摯《しんし》な態度に、桜木も覚悟を決めたようだった。分かったとうなずいたきり、それ以上の言葉は出てこなかった。

この状況では、無断で帰ったところで、怒る人間は多分いないだろう。しかし、連絡する手段が断たれているわけではない以上、村上も残る方を選択したかった。

「で、これからどうするの？　こんな時間だけど、晩御飯にする？」

帰るつもりでいたために、夕食をまだ済ましていなかった。死体を発見した衝撃や、尋問を受けた疲れもあって、食べる気がしなかったというのも理由の一つだった。

「ああ、そうだね」

クッションに背を預けたまま、桜木は気のなさそうな返事をした。もともと食は細い方だった。

「そうそう、夕飯がまだでしたね」

それとは対照的に、長谷川は嬉《うれ》しそうに身体を動かした。体型から想像できるように、食べることは趣味のようなものだった。

最近は糖尿病で控えているが、長谷川はグルメなだけでなく、酒の方も好きだった。ギャンブルにも熱中していたので、若い頃は、飲む、打つ、食べると、よくからかわれていた。

「簡単なものでいいよ」

エプロンを着けキッチンに立つと、桜木がそう声を掛けてきた。村上は思わず自分の耳を疑い、後ろを振り向いた。

世代的に、女が家事をするものという考え方は、ほぼ全員が持っていたが、桜木にはその傾向が特に強かった。それは役割分担という視点ではなく、男尊女卑の発想に基づくものだった。

桜木の両親の間柄は、夫婦というよりも主従関係に近いものだったという。時代的なものより、二人の年齢の離れていたことが、その大きな原因だったようだ。

父親は、昔の剣豪みたいな人で、男らしさにこだわるタイプだった。剛毅などという厳《いか》めしい名前をつけたことからも、そのことが窺《うかが》えるだろう。しかし、母親の血を引いたのか、桜木は女性的な線の細い顔立ちで、決して男っぽい容貌《ようぼう》ではなかった。父親はそのことが気に入らなくて、理由もなくよく殴りつけたという。

生まれついた性質は、外見と同じで本当は変えようがない。本来のものを無理に変えると、どこかが歪《ゆが》んでしまう。

しかし、父親はそれを教育で矯正できると思っていたらしい。せめて気質だけでもと、桜木は子供の頃から、男らしく育つよう徹底して躾《しつ》けられた。男尊女卑的な思想も、そのとき植え付けられたようだ。女の子と遊んだり、頼みをきいてやったりすると、本気で蹴《け》り倒されたという。

村上はその捻《ね》じ曲げられた部分を、桜木の中に垣間《かいま》見ることがあった。女を軽蔑《けいべつ》してみせながら、本当は、全く違うものを感じるときがあった。

それが、意外にも紳士的な言葉に、村上は料理を作りながら悩まされた。今までの桜木なら、あんなことを言ったりすることは、絶対になかった。

年齢を重ねて丸くなったのだろうか。桜木には、他のメンバーと違って、本当に長い間会っていない。仕事や同期会などで、顔を合わせる機会がないからだ。人は変わらないまでも、認識を改めてくれたのなら、それは嬉しいことだった。

だが、思いやりのある言葉の裏に、女に対する憎悪の念が込められているとしたら。働く女性に敵意を持っていて、それを悟られぬよう、逆にやさしい言葉を掛けているのだとしたら。

女性の管理職というものを、どう捉《とら》えているのか、村上は気掛かりで仕方がなかった。桜木はこれまで、外に働きに出て、夫に仕えない妻など理解の範疇《はんちゅう》外、そんな認識の持ち主だった。

さっきの言葉に、深い意味などないのだろうが、殺人事件の後では、吟味せずにはいられなかった。殺されたのは女性の管理職で、自分だって同じ立場なのだ。

十時を回る頃、遅い夕食が終わった。人が死んだ後では、空気は湿っぽく、さらに、互いに疑っているとあっては、会話は全く弾まなかった。

「毎日のように早退して、ちょっと困ってるのよ。体調が悪いと言われれば、仕方がないんだけども」

職場の話題などもしてみたが、二人とも乗ってこなかった。それが女性だと言ったら、桜木はどんな反応を示すだろうか。

　食事の最中にアルコールは飲んだが、酒盛りを続けようとは思わなかった。顔を合わせているのが気詰まりで、自然と部屋へ帰ることになった。

「あの、部屋に戻る前に……乾電池を持ってませんか？」

　席を立とうとした桜木を引き止めて、長谷川が尋ねた。

「電池？」

「ラジオの電池がなくなったんです」

「ラジオか」

　桜木は少し不審そうに瞬きを繰り返した。女のように長い睫《まつげ》が、村上は昔から羨《うらや》ましかった。

「単三の大きさなんですが」

　そういえば、尋問を待つ間もずっと、長谷川はラジオを聴いていた。だから消耗してしまったのだろう。

「持ってないよ。旅行に持ってきたりはしないだろう」

「電池を使うものもないですか？」

　村上も荷物の中身を考えてみたが、思い当たるものはなかった。小型の置時計は持ってこなかったし、カメラにはリチウム電池が入っている。

「番組の間だけ、貸してもらえればいいんです」

遠慮したような小さな声で、長谷川は言った。

「しかし、思いつかないな。電気剃刀《かみそり》は充電式だし、ドライヤーはコード式だ」

「テレビのリモコンでもない？　この山荘、広間だけじゃなくて、テレビのある部屋もあるでしょ。リモコンは置いてなかった？」

二人とも電池を持っていないので、山荘にないかを考えてみた。何も置いていないところだが、乾電池くらいなら見つかるかもしれない。

「部屋のテレビは小さくて、旧式のつまみを回すものでした」

そう言いながら、長谷川は掘炬燵《ほりごたつ》のようになったところから這《は》い出そうとしていた。これだけ身体が太っていると、抜け出すだけでも一苦労だ。

「探してみるか？」

それとは対照的に、桜木は身のこなしが軽かった。動きまでが美しく見えるのは、やはり不公平に思えた。

「買い置きがあるとは思えませんけどね」

「それでも、時計とか、懐中電灯とか、テープ・レコーダーとか、あるかもしれないでしょ」

「単三ではないでしょう」

「誰のために探すか、分かってるの？」

少し強い口調で言うと、長谷川は黙って電池を探し始めた。やさしいのはいいのだが、考え方が消極的なのは欠点だった。

もともと大きな建物でないうえに、共同の部分もあまりなかった。広間とキッチンと洗面所くらいのものだ。村上の友人が所有する山荘だが、持ち主も使っていないため、備品はほとんど置いていない。探索はすぐに終わり、電池のないことが分かった。

「デッキもないな」

ラジオを聴けるものも探したが、ラジカセも見つからなかった。据え置きのものも、持ち運びのできるものも、どちらも置いていなかった。

空いている部屋も調べてみたが、そこにも見つからなかった。結構動き回ったせいで、気は紛れたが、村上は疲れを感じていた。

「もういいです。すみませんでした」

長谷川は几帳面《きちょうめん》というのか、旅行先でも習慣を守らないと気の済まない性格だった。とはいえ、全体の和を乱してまで、自分の主張を押し通したりもしない。

「今さら言うのも何ですが、聴きたいのは明日の番組ですから」

すまなそうな表情で、長谷川が小さく言った。

「なんだ。明日なら多分、帰ることができるわよ」

「それを早く言えよ」

「念のために、明日の買い物リストに入れておく？　朝になっても、連絡が取れない可能性もあるから」

村上の提案に、長谷川は首を縦に振った。今日、何度も電話を掛けたことが、頭に残っているのかもしれなかった。

買い物リストに電池を書き込んでから、三人はそれぞれの部屋に戻った。内側から鍵《かぎ》を掛けることを、村上は忘れなかった。

かつて仲間が事故で死んだときも、こんな重い気持ちを抱いて眠った。そのとき以上の恐怖感と戦いながら、村上はベッドで横になった。

†

その次の日の朝、村上は全く普通に目を覚ました。身体に何ら違和感はなく、部屋の中にも異状は見つからなかった。

服を着替えてから、カーテンを開けると、今日も秋晴れの空が広がっていた。空気が澄んでいるせいか、稜線がくっきり鮮やかに見える。ほんの少し窓を開いてみると、意外に冷たい風が流れ込んできた。甘い木々の匂《にお》いに懐かしさを覚え、村上は大きく息を吸い込んだ。

深呼吸で少しは落ち着いたが、ドアのラッチを捻《ひね》るときには、やはりまだ不安だった。これを回した途端、何かが起きるかもしれない、そんな馬鹿げたことを、一瞬考えた。

もちろん、小さな音がして施錠が解けただけだった。村上はほっとすると、ドアを開いて、部屋から出ていった。

昨日、風呂《ふろ》に入れなかったので、身体がねばついて気持ち悪い。しかし、浴室で独り無防備な状態になるのは、どうしても避けたかった。

とりあえず、洗面などを済ましてから、朝食の準備にかかる。お湯を沸かし始めたところへ、どしどしという音がして、長谷川が階段を降りてきた。

「おはよう」

声を掛けると、長谷川は驚いた顔を見せ、それから安心したように挨拶《あいさつ》を返した。村上と同じで、何か起きていないか、きっと心配だったのだろう。

「山下くんは来なかったみたいね」

カップを並べながら、村上は言った。

「そうですね。また、電話を掛けてみましょう」

「ごめんね。嫌な仕事、押しつけて」

「いえいえ」

長谷川は手を振ると、洗面所の方に消えていった。豪快なくしゃみの音が、トイレから聞こえてきた。

ココアのために、牛乳を温めようとしたとき、桜木が二階から姿を現わした。朝の体操をするためか、青紫色のトレーニング・ウェアを身に着けている。

「おはよう」

さっきと同じように声を掛けると、桜木は普段通りの挨拶をした。動揺した様子も、ほっとした感じも、どちらもない。心配していても表には出さないことができるのだろう。もしかしたら、日常の生活が全て、演技で成り立っているのかもしれない。

「昼まで待ったら、帰らないか？」

ウェアの袖《そで》を軽くたくし上げながら、桜木はそう尋ねた。右手の中指に、銀の指輪をはめているのが見えた。

「お昼？」

「ああ。山下も朝から出れば、昼には着くはずだろう？」

「そうね。その時分になっても、連絡が取れないのなら」

村上は曖昧《あいまい》さを残しながら同意した。

「待つのにも、限界があるよ」

そう言い残して、桜木が洗面所へ行くと、入れ替わりに長谷川が戻ってきた。慌てたようにテレビに近寄り、NHKの朝の連続テレビ・ドラマに、チャンネルを合わせる。

「いつも見てますからね、習慣の一部なんですよ」

咎《とが》めたわけでもないのに、長谷川は先に言い訳をした。村上もテレビを見ることが、特に不謹慎だと思ってはいなかった。

「変えられないんです。人が殺された翌日だからといって」

何も言っていないのに、長谷川は言い訳を続ける。身体の大きさに反比例して、気持ちが小さかった。

コーヒーを沸かしながら窓の外を見たが、特に人影はなかった。鮫《さめ》のようなマスコミの関係者も、朝からは来ていないようだ。警察の事情聴取の後、桜木はうまく隠れて難を逃れていた。殺人事件の容疑者にでもなれば、それは大きなスキャンダルだろう。

長谷川に紅茶を渡してから、しばらくすると、桜木が洗面を終えて戻ってきた。髪についたままの水滴が、朝の光を反射して眩《まぶ》しく輝いていた。

村上は朝食をテーブルに並べると、広間の窓を少しだけ開いた。柔らかく澄んだ風が、緑の香りを食卓に運んできた。

ほんわかと立ち昇る湯気を見ていると、心が和むのを感じる。殺人とは無縁の、日常の生活を思い出させてくれた。

「朝御飯を食べたら、電話してみます」

いつもの番組を見終わると、長谷川が自分から言った。

「ああ、頼むよ。それで、昼まで待って来なかったら、帰ることにしないか？」

ココアをスプーンで掻《か》き混ぜながら、桜木は長谷川に言った。今朝は、三人とも無事だったが、だからといって安心できるわけではない。

「そうですね。一晩待ったんですから」

長谷川はうなずくと、議論を避けるように言った。昨日の夕食ほどではないものの、気まずさはまだ残っていた。

「こんな形で帰るのは、幹事さんにとって、不本意だろうが」

「ええ、まあね」

二人を交互に見てから、村上は小さくうなずいた。やっと実現した企画を取り止めるのは、確かに残念だった。

今回、泊まりで遊びに行こうと言い出したのは、村上自身だった。そのきっかけは、麻美が事故で息子を亡くしたと、同期会で知ったことだった。

春眠会という名前をつけて、仲良くしてきた七人も、持田公彦が死んで以来、ずっと集まることがなかった。あれだけ気が合っていたのに、疎遠になってしまったことを、村上はもったいなく思っていた。

そんなときに麻美の話を聞いて、励ますために集まりたいと感じた。長谷川と近くの職場になり、あの頃を懐かしんでいたのも、理由の一つだった。

もちろん、そんな理由で集まってもらうのは、麻美にとっては負担だろうし、かえって迷惑でもあるだろう。だから、元気づけるためというのは、半分は口実だった。一緒に遊んだ昔に戻って、旧交を温めるのが本当の目的だった。

その気持ちは分かってもらえたようで、誘いを掛けたときには、誰もが乗り気だった。泊まりの企画にもかかわらず、忙しい山下は賛成してくれたし、横山もそうだった。麻美だけでなく、その旦那《だんな》まで招待することができた。今や有名な俳優になった桜木までが、旅行に参加してくれたのだ。

しかし、こんな事件が起きたのでは、中止も已《や》むを得なかった。気詰まりなムードは、持田のときと非常によく似ている。いや、事故ではなく殺人である分、より悪いといっていい。事件が強盗などの仕業でないことは、はっきり分かっている。この中の誰かが犯人に違いないのだ。

「それにしても、山下さんらしくありませんね」

長谷川は首を捻《ひね》りながら言った。

「昨日、来なかったこと？」

「ええ。約束したことは、必ず守る人でしたよ」

「電車がなくなったんじゃない？　少なくとも、バスはなかったでしょ」

「でも、以前はすごく律儀な人でした。いくら遅くなっても、タクシーで駆けつけそうに思っていましたけど」

「それほど忙しかったのよ」

「そうですか？」

口をもぐもぐ言わせながら、長谷川はもう一度首を捻った。若い頃の山下は、確かに約束は必ず守る男だった。

「律儀というより、几帳面《きちようめん》な奴《やつ》だったな、山下は」

昔を懐かしむような目で、桜木が口を挟んだ。

「そうね。あれだけ忙しいのに、時間に遅れたことなんて、一度もなかったもの」

そう言いながら、村上は長い年月が経っていることを、改めて実感した。その間に、几帳面だった山下の性格も、変わってしまったのかもしれない。

「ぼくがまだ一人暮らしをしていた頃、山下さんが来て、冷蔵庫の中を整理して帰ったことがありましたよ。賞味期限の順番に並んでいないとか言って」

もともと小さな目を細くして、長谷川が古い話を持ち出した。

「それって、几帳面って言うの？」

「神経質、ですか？」

「単に、おせっかいなだけじゃない？　大きなお世話よね」

村上の言葉に、二人はやっと笑顔を覗《のぞ》かせた。現実の問題から目を逸《そ》らしていられるせいか、過去のエピソードなら安心して話題にすることができた。

「でも、もしかしたら、来てるのかもしれない。驚かせようと思って、こっそり」

「そういう、子供みたいなところもありましたね」

何度もうなずきながら、長谷川も思い出すような目をする。

「電話する前に、部屋を見てみる？　本当に来てたりして」

村上は冗談のつもりで言った。そんなことはあるわけがないし、本気で考えるはずもなかった。

「やめた方がいい」

ところが、桜木が首を振って、低い声で制止した。

「どうして？」

「また、死体が出てきたら、どうする？」

思わず、村上は笑い声を上げた。

「そんなはずないでしょ」

「電話して、昼まで待って、それで帰るのが一番だと思う」

「剛毅くん、考えすぎじゃない？」

「これ以上、やっかいなことを抱えたくないだけだよ」

そう言われると、何だか意地になって、どうしても確かめたくなった。村上はすっと立ち上がり、山下に割り当てられていた一階の部屋へ向かった。

昨日、死体が見つかった部屋の前を通らなければならなかった。戸口にテープなどは貼《は》っていなかったが、出入りはもちろん禁じられていた。一夜明けても無事で、村上は少し気を抜いていたが、禍々《まがまが》しいものを見たように思った。事件のことを思い出して、何だか嫌な気持ちがした。

「ばかなことを」

悪い予感を打ち消しながら、村上はその前を通り過ぎた。同じような事件が二日も続けて起きるはずがなかった。

長谷川も心配なのだろう、後から一緒についてきていた。桜木は絶対に関わらないいつもりか、席に着いたまま、テーブルから動こうとしない。

一つ息を吐き出してから、村上はドアのノブを回した。鍵《かぎ》はもちろん掛かっておらず、扉は内側に開いた。

その途端、アルコール臭さを感じた。昨日の夜、乾電池を探しに来たときには、こんな匂いはもちろんしなかった。

さらにドアを押すと、村上は部屋に足を踏み入れた。目の前に、うずくまる影のようなものがあった。

「山下くん！」

ベッドに凭《もた》れるようにして、首を絞められた山下が、口を開いて倒れていた。赤黒く鬱《うっ》血《けつ》した顔と、ロープの白さの対照が、変に鮮やかだった。スーツを着ているために、死体は余計にバランスを欠いている。既に事切れていることは、全体の様子から一目瞭然《りょうぜん》だった。

「た、大変よ」

まともな声も出せず、村上はその場にしゃがみ込んだ。死体から目を逸《そ》らしても、ロープを巻きつけられた顔が、頭から離れないでいる。

「本当に、殺され、てる……」

がちがちと歯の音を鳴らせて、長谷川がつかえながら言った。その振動が床から伝わるほど、足を震わせていた。

腰から力が抜けて、立とうと思っても立てなかった。惨《むご》い姿から顔を背けるのが精一杯で、村上は助けも呼べず、そのまま坐《すわ》り込んでいた。

「死因は頸部《けいぶ》圧迫による窒息死ですね。死後十三時間から十五時間は、経過していると思われます」

死体を一通り検分し終わると、望月検死官が所見を述べた。矢野は忘れないように、そのことを手帳に書き留めた。

「死後十三時間というと、夜中の二時になりますね」

指を折って、大槻警部が数える。

「そうですね。死亡推定時刻は、午前零時から午前二時の間でしょう」

歯切れのよい口調で、望月検死官が返事した。

「いわゆる絞殺ですか」

「ええ。目に溢血点《いっけってん》が認められますし、チアノーゼも見られます。絞死で何の問題もないでしょうね」

死因の判断が、きっと容易な死体なのだろう。解剖後でないと何も言わない、慎重なタイプの望月検死官が、今日は情報を提供してくれている。

「死斑《しはん》などに異状はありませんか。いや、つまり、死体を移動させた可能性を伺いたいのですが」

「特にないですね。死体現象からは、ここで殺害されたと考えてもらって構わないと思います」

「そうですか」

死体は部屋のほぼ中央、ベッドを背にして坐《すわ》らされている。首を絞められた結果、その姿勢になったのかもしれないが、少なくとも、生きてここへ来ていたというのは間違いないらしい。

「それから、被害者には薬物を与えられた痕跡《こんせき》がありますね。おそらく催眠剤の類だと思いますが」

死体に抵抗した跡がないので、そのことは予想されていた。矢野は前日の事件との関わりが気になり始めた。

「このウィスキーに混入されていた、ということですかね」

今まで黙っていた内田警部補が、グラスを指差しながら言った。立派な机の上には、ウィスキーのボトルとグラスが、並べて置いてあった。

「鑑識には既に回してあります」

矢野は先手を打って言った。

「種類が特定できたら、早く報告が欲しい。バルビツール酸系の睡眠薬なら、連続殺人の可能性が極めて高くなる」

昨日の事件の睡眠薬は、既に種類が特定されていた。薬の名前はややこしくて、手帳を見ないと思い出せないような難しい名前だった。

「そうですか。じゃあ、解剖結果の方も、できるだけ早くお届けしましょう」

内田警部補の言葉を受け、望月検死官は笑って言った。そして、鞄《かばん》を取り上げると、現場から立ち去っていった。

「このロープも、同じもののように見えますね」

被害者の首に巻きつけられたロープに触りながら、大槻警部は言った。色、太さ、材質といったものが、昨日の事件に使用されたものと、非常によく似ている。

「見た目には同じですな」

死体の反対側に屈《かが》み込んで、内田警部補もロープを調べた。

「これは多分、コットン・ロープでしょう。手触りも同じですよ」

「ほう。直径は約一センチ、束ね方も丸編みロープです。ダブル・ブレード・ロープとかいう名称でしたかね」

そう言ってから、内田警部補はこちらを振り向いた。ボーイ・スカウトに入っていたので、矢野はロープについて多少の知識があった。

この太さでは、正確には細索と呼ぶが、その構造にも違いがあった。丸編みロープというのは、繊維糸を束ねて芯《しん》にし、その周囲を同質の糸で編んで覆ったもののことで、その中でも、二重編みにした場合に、ダブル・ブレード・ロープと呼ぶ。三本の小縄をより合わせて作る三つよりロープと違って、よれていないのでもつれにくく、扱いやすいのが特徴だ。

「おや、ここに染みがあります」

大槻警部が指差した先に、わずかに黒くなった部分があった。ロープが真っ白できれいなだけに、染みははっきりと識別することができる。

「昨日の事件と同じですな」

鋭い目を輝かせて、内田警部補がつぶやいた。凶器に共通点が見つかれば、同一犯人による連続殺人である可能性がそれだけ高くなるだろう。

「ロープの種類の特定だけでなく、この染みの化学的な分析も、鑑識にお願いしたいですね」

「ええ。ただ、その前に、首の後ろでロープがやはり結んであります」

硬直した死体を動かすと、ベッドで隠れていた首の後ろ側の部分が見えた。そこには確かに結び目があった。

「矢野くん、見てもらえますか」

結び方の種類を確かめるために、大槻警部が場所を譲った。ボーイ・スカウトで、矢野は何種類ものロープ・ワークを習得させられていた。

「同じ結び目ですね。もやい結びです」

一目見ただけで、矢野は迷うことなく答えた。アウトドアでは基本ともいえる結びで、簡単でありながら、応用も利くという、使用範囲の広い結び方だった。

「いや、解ける結び目は得意なのですが、本当に結べる方は駄目でしてね」

奇術の好きな大槻警部は、苦笑しながら言った。手品では、「うそ結び」を練習することはあっても、本当に結ぶ必要はそうないのだろう。

もっとも、簡単なロープの結び方でも、意外に知らない人が多い。日常生活を送るうえでは、本結びと蝶々《ちょうちょう》結びを知っていれば、特に不便でもないからだろう。

「昨日と同じか」

そう言うと、内田警部補は一層目を輝かせた。これも同じ人間の犯行であることを示す一つの指標になる。

「これは、ロープが首から緩まないように、ということですか」

被害者の首の周りを、ロープは何重にも巻いてあった。検死のため、既に二本ほど切断されているが、残りのは皮膚に食い込んでいる。もやい結びは、強度が高いことに信頼性があった。解くのはやさしいのだが、輪になった部分を引っ張っても、それが緩むことはない。

「そうですね。この結び方だと、何かの拍子に外れるということが、まずないですから。登山で、ザイルを身体に結びつけるときにも使うくらいなんです」

「登山ですか」

「はい。堅固ですし、また、片手で結ぶこともできるという利点もあります」

「便利な結び方ですね」

「ええ。だから、使い道が多いんです。登山をする人しか知らない結び方というんじゃないですよ。キャンプでもよく使いますし、そもそも、名前から考えて、舟を舫《もや》うための結び方だったんでしょうから」

「用途は広く、知ってる人も多い、ということですか」

「そうです」

ありふれた結び目からでは、職業などの限定はできなかった。知ろうと思えば、ロープ・ワークのどんな本にも、もやい結びは載っているだろう。

ただ、方法を身体で覚えていないと、できないのは間違いなかった。頭で分かっていると思っていても、実際にロープを持つとまごつくのは、よくあることだ。それが、殺人という極限状態のときに、自然に結べている。死体を前にして、右手が上だったか、ここの下を通すのだったかと、考えている余裕などない。

「共通点はいくつになる？」

内田警部補は独り言のようにつぶやいた。昨日起きた事件と一致する点を数えているみたいだった。

「確認されてないことまで合わせれば、五つでしょう」

間を置かず、大槻警部が答えを出した。目は持ち物を調べているのに、耳はちゃんと質問を捉《とら》えている。

「睡眠薬を飲ませて、ロープで絞殺したことが一つ」

親指を折って、内田警部補が言った。

「首の後ろで留めている、ロープの結び方がもやい結びです」

　手をVサインの形にして、矢野は二つ目を挙げた。

「使用されたロープの種類が、おそらく同じでしょう」

　死体のポケットを探り終えて、大槻警部が言った。財布の他に、チューインガムが見つかっただけだった。

「これもまだ確認されていないが、ロープに染みがついていたのが四つ目」

　内田警部補は四本目の指を折った。

「そして最後は、飲み物に混入されていた睡眠薬が、多分同じ種類のものである、ということですか」

　全部の指を開いて、矢野は締め括《くく》った。

「鑑識で確認されたら、同一犯にほぼ間違いないな」

　拳《こぶし》になった手を見つめながら、内田警部補は独りうなずいた。数えた後の指の形が、矢野と反対になっていた。

「これは……」

　そのとき、鞄の中を調べていた大槻警部が大きな声を出した。その手には、ヘッドホン・ステレオが握られていた。

「ウォークマンですか」

　黒い本体の部分に続いて、長いヘッドホンのコードが現われた。リモコンの部分がないということは、きっと古いタイプのものなのだろう。そういえば、プレーヤー自体も大きい感じがするし、決して薄くもない。デザインも少し野暮ったくて、時代後れのように見えた。

「電池がないみたいですね」

大槻警部が再生ボタンを押して言った。窓の部分から見えるテープが、全く動かないのだろう。

「野崎、ちょっと来てくれ」

よく通る声で、内田警部補が外に向かって言った。課の中で一番若い野崎刑事は、音響機器に詳しかった。

「この赤いボタンは、録音のためのものでしょう。殺害時の状況が、何か入っているかもしれませんよ」

表情に期待感を滲《にじ》ませて、大槻警部が言った。

「録音したから、電池が消耗したんですよ、きっと」

矢野は興奮して返事した。録音すると電力の消費が大きく、電池がすぐなくなってしまうのは、これまでに何度か経験していた。

「これはこれは、ずいぶんと旧式のものですね」

外から入ってくると、野崎刑事はヘッドホン・ステレオを一目見ただけでそう言った。手渡されるまま受け取ると、まるで珍しいものでも見るように、それを矯《た》めつ眇《すが》めつ眺めていた。

「電池がないんですよ」

　そう言って、大槻警部は相手に意見を求めた。

「ええ。それがウォークマンの最大の欠点ですね。今は進化して、充電池との併用で長時間聴けるようになりましたし、充電も五分でできるんですが」

「五分で？」

「もちろん、フルに充電するには、もっと掛かるんですけど、当座はしのぐことができます」

　野崎刑事は電池の入っている部分を開けて調べた。

「それで、これはどうなんですか？」

「古いものですからね。かなり時間が掛かるでしょう。計ってみないと分かりませんが、昔は八時間とか、十五時間とか、そんなのでしたよ」

「電池の充電がそうでしたね」

「ええ。それに、これは録音機能もついているでしょう。ウォークマンは再生専用が主流なんで、進化の傍系になるんですよ」

「つまり？」

「つまり、最先端の機能が搭載されることがあまりないということです。だから、充電についても、時間が掛かるでしょうね」

「なるほど」

大槻警部は軽くうなずいた。機械の進化に関しても、消費者の需要という自然淘汰《とうた》の力が働くようだった。

「三十分やそこらでないことは、確かでしょう」

その説明を聞いて、内田警部補には思いついたことがあるようだった。被害者の鞄《かばん》を調べ、それから部屋の中を調べ始めた。

「ヘッドホンも古い型ですし、リモコンもありません。ブランク・スキップなんかの機能も相当劣ることでしょう」

「何ですか、そのブランク・スキップというのは?」

眉《まゆ》をひそめて、大槻警部が尋ねた。

「録音されていないところを、自動的に早送りしてくれる機能のことです。音楽もないのに、ヘッドホンをつけたまま歩いているというのも無意味でしょう」

そう言うと、野崎刑事はカセット・テープを本体から取り出した。それはB面を上にして入れられていた。

「テープの走行状態を見ると、よく分かるのですが、やっぱりないみたいですね」

野崎刑事はテープの窓のようになった部分を指差した。矢野は大槻警部とともに、その場所を覗《のぞ》き込んだ。

「テープを再生するのと、早送り、巻き戻しするのとでは、巻き取られた状態に違いが出ます。プレイのときにはゆっくりと丁寧に巻き取られますが、キューやレビューでは急いでいますから、むらができます。リボンを手で巻くのと同じですね」

目の前のテープにはむらは全くなかった。巻き取り方は均一で、きれいだった。

「これは、再生だけでテープを聴いた跡ですね？」

大槻警部は確認した。

「そうです。これだけきれいというのは、それを意味しています。もしくは、録音状態だったか、です」

音の入っていない空白部分を、自動的に早送りしてくれるのなら、再生で聴いた部分と早送りになった部分があることになる。そうすれば、差ができるし、当然むらもできるだろう。

「まあ、若い世代ならともかく、被害者の年齢なら、この機種でも構わなかったのでしょう。そもそも、ウォークマンを持っていること自体に、無理が感じられますけど」

野崎刑事はそう言いながら、テープを中に戻した。何を聴いていたのか、興味のある顔をしていた。

「いずれにしても、ちょっと中身を聴きたいですね。電池はありませんか？」

ヘッドホン・ステレオを受け取りながら、大槻警部が尋ねた。特に誰に対してというわけではなかった。

「被害者の鞄の中には、ありませんでした。この部屋にも、見つかりません」

部屋の中を探していた内田警部補が、首を振って答えた。思いついたことというのは、乾電池を探すことだったのだろう。

「じゃあ、鑑識で分析を頼みましょう。精密な機械で再生すれば、普通聞こえない音でも拾えますからね」

そう言うと、大槻警部は鑑識課の人間に、証拠物件を預けた。現場での仕事を終えた頃には、きっと分析も終わっているだろう。

「それでは、内田さん。現場検証はこれくらいにして、事情聴取しますか」

「そうですね」

内田警部補は手を叩《たた》いて立ち上がった。それから、大きく息を吐き出した。

野崎刑事は外の探索に戻っていった。事情聴取を行なう二人に従って、矢野は広間へと足を向けた。

†

五時になった。桜木はまだ事情聴取を受けていた。もう一時間になるというのに、何を訊《き》かれているのだろう。外が暗くなってくるにつれて、村上の心に不安の影が忍び寄ってきた。

「職場に電話してきます」

横に坐《すわ》っていた長谷川が、そう断って席を立った。区役所の一日の業務が、終わりを迎える時間だった。

頼んであった買い物とともに、夕刊が届けられている。一面には大きな見出しで、「美人公務員、山荘にて殺害」と書かれていた。山下については、締切に間に合わなかったのか、紙面に空きがなかったのか、連続殺人事件とはなっていない。警察への通報がかなり遅かったから、おそらく前者が正解なのだろう。

渦中に巻き込まれている事件を、村上は新聞で読む気になれなかった。面白半分に書いてはいないにしても、決して明るい気持ちになれないだろう。これまでは、自分だって対岸の火事を眺めるみたいに、不幸な事故や事件に対して、特別な感慨もなく読み捨ててきた。必要以上の配慮が、記事になされているはずがなかった。

それにしても尋問は長かった。この調子でいくと、七時を回ってしまうかもしれない。同じ山荘で二人も殺されれば、訊くことも増えるのだろうが、村上は疲れ果てていた。死体を発見しただけでも倒れそうなのに、今日も帰れないとなると、精神的にやられそうだった。

「すみませんでした」

警官に頭を下げて、長谷川が戻ってきた。広間には見張り役の刑事が二人、席を占めている。尋問で口裏を合わせないようにということだろうが、あまり愉快な感じはしない。行動までが監視されているようで、自由が束縛されていた。

「事情聴取はいつ終わるの？」

たまりかねて、村上は長谷川に尋ねた。訊いたところで答えられないのは、十分に承知していた。

「もうすぐでしょう。村上さんはすぐ済みますよ」

長谷川は気休めを言った。

「通報が遅れたのは確かだけどね、だからって、こんなに長く尋問しなくてもいいじゃないの」

疲れているために、気持ちが変に高ぶっている。落ち着こうと思っても、いらいらだけが募っていた。

「そのことを責められてるのかもしれませんね」

大きな身体に似合わず、長谷川の気遣いは細やかだった。おっとりした口調で返事し、村上の神経を逆撫《さかな》でするようなことは決して言わなかった。

山下の死体を見つけたのは、十時になるかならないかだったが、警察を呼んだのは十二時を回ってからだった。桜木がそのまま帰ることを、強く主張したためだった。

これ以上関わりたくないのは、誰もが同じだった。できれば、死体に気付かなかったことにして、帰れるものなら帰りたかった。しかし、同期の無残な姿を目の前にして、知らんぷりをすることなどできない。村上は長谷川とともに、警察に通報することを断固として譲らなかった。

その結果、二時間以上も議論になり、結局は桜木が折れた。山下の部屋には、村上の指紋などが残っており、気付かなかったという言い訳が通用しそうにないと、納得したからだった。

「でも、それで一時間も……」

村上がそう言葉を継いだとき、階段に憔悴《しょうすい》した桜木が姿を現わした。一緒についていた刑事が、村上の名前を呼んだ。

「上へどうぞ」

二階の部屋は、長谷川と桜木と村上の三人が占めている。一つだけ誰も使っていない空室があった。

村上は階段を上ると、尋問のために設けられた部屋に入った。何人かの刑事が、まるで面接でもするように、向かい側の席に坐っていた。

「村上さんでしたね。どうぞ、お掛けください」

がっしりとした身体の刑事が、丁寧な口調で椅子《いす》を勧めた。大木を連想させる外見にふさわしく、確か周りから大槻警部と呼ばれていた。

「失礼します」

相手が丁重に言うので、村上は礼儀正しくそう断って坐った。この前の尋問のときも同じだが、大槻警部の丁寧な応対に、調子の狂うことが何度かあった。

「山下さんの死体を発見されたのは、あなただと伺いました。そのあたりの経緯から、まずお聞かせ願えますか」

大槻警部はそのように切りだしてきた。その横では、視線の鋭い刑事が、柔らかさと対《つい》をなすように目を光らせていた。

「はい。朝食の最中に、自然と山下くんの話題が出ました。几帳面《きちようめん》でいたずら好きな彼のことだから、実はこっそり来てるんじゃないかと……」

今朝あったやり取りを、村上は簡単に要約した。

「山下さんは、几帳面というか、律儀な人だったのですか？」

桜木にも尋ねたはずの質問を、大槻警部は同じように繰り返してきた。

「ええ。約束は必ず守る人でした。それは神経質といってもいいほどで、時間に遅れたことさえありませんでした」

そう言って、村上は具体的な例をいくつか挙げて説明した。財布の中のお札が、同じ向きに入っていないと気持ち悪い、といったような細かなことだった。

「つまり、本当なら、もう来てないとおかしい状況だったわけですね」

「いえ、変だと思っていたわけでもありません」

村上は小さく首を振って否定した。

「不審に感じていたわけではない？」

「はい。その特徴は、若い頃の話だったのです。仕事や他の機会で、顔を合わせることはあったにしても、以前のように一緒に遊びにいっていたわけではありません。山下くんは特に忙しくて、昔のようにいかなくなっていました。もしかしたら性格も変わっているかも、と考えていました」

「長い時間の中で、そういうことはままありますね」

親しみを感じさせる表情で、大槻警部は同意を示した。

「集まるのは本当に久しぶりですし、変わっていてもおかしくないでしょう。性格は同じでも、仕事が忙しすぎて、約束が守れない状況にあったのかもしれません」

「なるほど」

「ですから、部屋を見にいくというのは、本気で思ったわけではなくて、冗談のつもりだったんです。というか、来てくれてたらいいな、という期待が混じっていたのかもしれません」

「分かりました」

大槻警部はうなずいて、横にいる刑事に小声で話し掛けた。その目の鋭い感じの男は、内田警部補と呼ばれていた。

「しかし、被害者がここに来た気配は、まるでなかったのですか？」

短い相談を終えて、大槻警部が質問に戻った。

「はい。私は気付きませんでした」

「全員が起きている間は、少なくとも来なかったわけですね」

「そうです」

村上はうなずいた。

「昨日の夜、みなさんは何時に部屋へ戻られたのですか?」

「十一時になっていませんでした」

「ということは、バスの便は終わっていますね。山下さんの車はここにありませんから、タクシーで来るより、方法はないことになります」

「この静けさの中で、その車の音も聞こえなかったのかね?」

厳しい口調での言葉は、内田警部補のものだった。

「私は気付かなかったんです」

「眠ったのは?」

「さあ。怖くて、すぐ寝入ることができなかったのですが、それでも疲れていて、三十分ほどで寝たと思います」

「その時間までは、車の音はしなかったというんだな」

「そうです」

「朝起きて、靴には気付かなかったのかね。被害者が来ているのなら、置いてあるはずだろう」

「靴はシューズ・ボックスに入れてあったんです。部屋を見にいくまで、誰も確認しませんでした」

「いずれにしても、被害者が来た気配は分からなかったということか」

「ええ」

内田警部補の最後の一言は、質問というより、独り言に近かった。こちらに向けていた視線を部屋の隅に投げると、口を閉じて何も言わなくなった。

「さて、問題は死体を見つけてから、何をなさっていたのか、ですが……」

それからしばらく、警察への通報が遅れたことに関しての尋問が続いた。二時間も空白の時間があったのでは、何か隠したり、口裏を合わせたり、細工をしているのではないかと疑われても仕方がない。

「昨日、乾電池を探しに部屋に入っているから、指紋があっても大丈夫だと、剛毅くん、つまり、桜木くんが言ったのですが、山下くんの指紋の上に、今朝つけてしまったものもあるからと、長谷川くんが主張して」

「おっしゃる通りです。ドアのノブには、山下さんの指紋にかぶさる格好で、誰かの指紋がついていました。おそらく、あなたのものでしょう。すぐに照合できると思います。ですから、死体を見つけていたことを黙って帰ったりしたとしても、知らなかったという言い訳は通用しなかったでしょう」

鋭い感じはしなかったが、大槻警部は見るべきところをちゃんと調べていた。もし通報しなければ、もっと疑われていたに違いなかった。

「ところで、山下さんはポケットにチューインガムを入れていたのですが、これはいつものことでしょうか？」

発見の経緯から通報までの間の説明を聞き終えると、大槻警部は次の質問を繰り出してきた。

「ガムですか？」

「煙草を止めたと言ってましたので、その代わりのものかもしれません」

「そうです」

頻繁に会っていたわけではないので、村上にはよく分からなかった。知っているのは、酒をしきりに勧める癖が直っていないことだった。

「旅行に持ってきた感じではなく、カッター・シャツのポケットに入っていたのですよ。包み紙も一緒にありました」

仕事を終えて、直接ここへ来たのだろう、山下はスーツ姿で殺されていた。約束を破ることなく、やはり昨夜のうちに到着していたのだ。

「もう一つ、山下さんはヘッドホン・ステレオを持ち歩いていましたか？」

「ヘッドホン・ステレオって、ウォークマンのことですか？」

「ええ、そうです。携帯用の音楽を聴く道具です」

ジェスチャーでも示しながら、大槻警部は説明した。

「それなら、昔から持っていました。電車の中で、シャカシャカと音が洩《も》れるのを聞くと腹が立つなどといいながら、買って喜んでいたのを覚えています。いつも聴いていたのかどうかまでは分かりませんけど」

「ガムにしても、ヘッドホン・ステレオにしても、職場の人に訊《き》いた方が、はっきりしそうですね」

小さくうなずきながら、大槻警部はそう言った。役所への聞き込みは、当然他の刑事が担当して行なっているに違いなかった。

それから、村上は趣味についての質問を受けた。最初の事件のときにも訊かれたが、今回はもう少し突っ込んで、登山やキャンプをしないかと、具体的に尋ねられた。ヨットなどにも乗らないかと、意味の分からない質問が続いた。そういうことに興味のある人間は誰かとも尋ねられた。

さらに、薬の服用についても訊かれた。麻美は医者と親しいし、横山は病気で薬の処方があったのではないかと思ったが、事件に関係ないと思ったので、村上は何も言わなかった。

また、動機に関しても、もう一度質問を受けた。同期が連続して殺害されている以上、共通したものがあるのは間違いない。尋問の雰囲気から、警察は同一犯人によるものだと考えているようにみえる。村上は持田の事故のことくらいしか、思いつかなかった。

結局、解放されたときには、一時間近くが経過していた。ふと外を見ると真っ暗で、全てが闇《やみ》に塗り込められていた。

†

本庁に戻ったときには、多くの分析結果が報告されていた。矢野だけでなく、何人かの刑事が、会議でもするように、いつもの部屋に集まっていた。

「資料はいろいろありますが、まず、これから始めましょう」

大槻警部はそう言うと、カセット・デッキにテープを入れた。精密な機械による専門家の報告は、早くも書類の形にまとめられていた。

「ほとんどが音楽で、十数分ほどが録音されていただけです。スターダスト・レビューというグループの曲なのですが、御存知ですか？」

もう若いというにはためらいがあったが、矢野は聞いたことがあった。「トワイライト・アヴェニュー」とか「夢伝説」などの曲がはやった記憶がある。

「てっきり演歌と思っていたのですが、ヘッドホン・ステレオを持ち歩くくらいの人ですから、違うのでしょうね。若い世代を理解しようとしていたのでしょうか」

「いや、本人の趣味だったようですよ」

役所での聞き込みを担当していた喜多刑事が、やんわりと否定した。今の若い世代が、スターダスト・レビューを聴いているとも思えなかった。

家族への聞き込みなども済んで、几帳面というより神経質だった山下の人物像も浮かび上がっていた。健康に留意して、煙草を止めるためにガムを嚙《か》むなど、そういった点もはっきりとしていた。

「では、いきますよ」

そう言うと、大槻警部はテープ・レコーダーの再生ボタンを押した。聞き覚えのあるメロディーが流れたかと思うと、雑音とともに声が聞こえてきた。

「今日は、障害者の人権問題を真剣に考えるということでですね、聴覚障害をお持ちで、様々な活動をなさっておられます、尾羽満さんをゲストに招いています」

録音の状態が悪くて分かりにくいが、討論番組か何かのようだった。山下の部屋には、小さなテレビが置いてあったから、おそらくはその音だろう。何といっているのか分からない、酔っ払ったような声が、ほんの短い間だが聞こえた。被害者のものかと尋ねるように、みんな周りを見回して、互いに囁《ささや》き合った。

しばらく、テープはコマーシャルらしき音を拾っているが、その他には何も入っていない。そう思っていると、がさごそとした音とともに、呻《うめ》き声らしきものが突然聞こえてきた。

テレビからの音声が大きくて、声の方ははっきりと分からない。衣擦《きぬず》れのような音も微《かす》かに聞こえるが、それ以外を判別することはできなかった。

「例えば、ラジオはともかくとして、テレビでの政見放送のとき、聞こえない有権者のために、手話で通訳したり、字幕を入れたりすることは認められていません。これは、『政見放送及び経歴放送実施規定』が、政見の録音、録画は『着席した本人について行う』としているためなんです」

番組の司会者らしき人間の声が、ずっと流れている。しかし、殺人者の声や被害者が犯人の名前を呼ぶ声などは、まるで入っていない。殺害時の状況らしきものは伝わってくるものの、手掛かりになりそうなものは何も録音されていなかった。やがて、電池がなくなってきたのか、歪《ゆが》んだ音に変わり、しばらくすると何も聞こえなくなって、また音楽に戻った。

「解析の結果、最初の声が被害者のものであると、声紋から確認されました。家の方に、被害者の吹き込んだテープが運よく残されていましてね、比較したそうです」

大槻警部はカセット・デッキを止めて言った。

「ということは、現場を本当に録音したものなのですね」

眉間《みけん》に皺《しわ》を寄せると、内田警部補が質問した。

「そうです。呻《うめ》き声なども本物で、殺害時の模様を収録したものであることは間違いないそうです」

報告書に目を落としながら、大槻警部は言った。

「テレビに出ている尾羽満というのは、尾羽麻美の旦那ですか？」

「ええ。ここから、正確な殺害時刻が割り出せますので、テレビ局に確認してあります。夜中の情報提供番組なのですが、真面目《まじめ》な討論をする時間帯もあって、ちょうどそれが一時なのだそうです。この部分は生放送だそうですね」

テープの分析結果を見ながら、大槻警部は答えた。

「ということは、尾羽満には完全なアリバイがあるわけですな」

「そうなりますね」

殺害時の録音である以上、時刻の確定には役に立つだろう。しかし、犯人の声や名前といった期待していたものは、一切録音されていなかった。

「テープにも、本体にも、指紋は見つからなかったそうです。電池に関しても同じで、きれいに拭《ぬぐ》い取られていたみたいですね」

大槻警部は報告書を読み上げるようにして言った。

「もう少し、おもしろいものが聞けると思っていたんだが……」

失望した表情で、内田警部補は別の報告書の束を取り上げた。解剖の結果はまだだったが、飲み物に混入されていた薬の種類や、ロープの品質についての資料は、既に報告書の形になっていた。

「では、内田さん、他の報告を教えていただけますか」

テープを取り出すと、大槻警部はめげた様子もなく尋ねた。録音の中身に、過大な期待をかけていなかったようだった。

「ええ。では、睡眠薬の種類ですが、アモバルビタールというバルビツール酸系の薬剤だそうです。通常、イソミタールという商品名で使われている薬のようですな」

報告書を見ながら、内田警部補が説明するように言った。

「それは、最初の事件に使われていた睡眠薬と同じですね」

大槻警部が確認した。

「ええ。全く同じものです」

「バルビツール酸系の催眠薬は、今、多くは用いられない、ということでしたね？」

「はい。主流は、ええ、ベンゾジアゼピン系の抗不安薬で、バルビタールやイソミタールを用いることは少ないと、ここに書いてあります」

催眠薬の分析結果を指しながら、内田警部補は言った。難しい薬の名前を空で覚えるのは、やはり大変だった。

「最近では、原則として、ベンゾジアゼピン系のものが効かなかったときに限り、他の薬を使うそうです。副作用とか、依存性、習慣性の問題があるので、処方するときには慎重に行なわれるらしいですな」

内田警部補は報告書を見ながら続けた。

「なるほど」

「奇形児が生まれる可能性だってあるでしょうしね」

矢野はそこで口を挟んだ。

「そうだな。投与するときの注意についてもここに書いてある」

指で報告書を叩《たた》きながら、内田警部補は言った。

「犯人が薬を処方してもらっていたのか、それとも盗みだしたのか、そこまでは分かりませんが、いずれにしても、範囲は絞れそうですね」

大槻警部が周りを見渡しながら言った。

「病院、薬局関係で、薬の盗難がないか調べさせましょう。それから、あのメンバーの中に、睡眠薬を服用している人間がいないかどうか」

「そうですね」

「薬に関しては、こんなところでしょう。いずれにせよ、同じ睡眠薬を使っていることから、二つの事件の犯人が同じである可能性が高くなりました」

内田警部補はそう結論づけると、報告書を脇《わき》に退けた。中身を手帳に控えておくため、矢野はそれを手元に引き寄せた。

「ロープについてはどうでした？」

休憩する間もなく、大槻警部は次の報告を求めた。

「ええ、そうですね、ロープについても種類は既に特定されています。やはり、綿ロープで、最初の事件と同じものが使用されているとのことでした」

新しい分析結果を見ながら、内田警部補は慌てて答えた。

「同じ品質というか、同じ銘柄のものだったわけですね？」

「はい。現場で話していた通りです。色、太さ、材質、ロープの構造といったものが全く同一であることが確認されました」

「なるほど。結び目もそうですか？」

「ええ。あれは、矢野に見てもらっただけで十分でしたが」

うなずきながら、内田警部補はこちらに視線を投げてきた。

「ロープについていた染みについては、分析が終わっていますか？」

貪欲《どんよく》ともいえる姿勢で、大槻警部が報告を求める。

「はい。含まれていた成分については、いろいろ書いてありますが、どうもお茶の類のものがこぼれてついた跡だろう、ということです」

「ほう。前と一緒ですね」

「分析結果でも、同じだと断定しています。束になって置いてあるロープに、そういう液体をこぼしてしまい、染みになったが、それを切って使っているのでしょう」

「ロープに同じ染みが残っているのは、そういうことでしょうね」

大槻警部は大きくうなずいた。

「ロープの切り口に関しても、一致すると報告しています」

「なるほど。一本のものから切りだしたというわけですか」

「そういうことです」

「それでは、一度整理してみますか。二つの事件の共通項について」

全員の顔を見回すと、大槻警部は穏やかに言った。矢野は現場で数え上げた五つの点について思い返した。

「同じ山荘の中で、役所の同期が連続して殺害されるということからも、同一犯人の仕業である可能性が高いわけですが、そのあたりを論理的に、もう少し詰めてみましょう」

その言葉に、周りは自然とうなずいた。誰も口を挟もうとはしなかった。

「まず、殺害の方法についてですが、どちらも絞殺であり、凶器としてロープを用いています。また、被害者の抵抗を奪うためか、睡眠薬を飲み物に混ぜて飲ませており、その手口が全く同じです。このことは、同一犯人による犯行であることを示しています」

「便乗犯の可能性はないですか？」

　矢野は質問した。

「この項目だけからでは、その可能性もあります。殺害の手段を真似ることで、自らの犯行を最初の犯人の仕業と見せ掛けることもあり得ますからね。ただ、旅行に来ていることを考えると、睡眠薬や凶器のロープの調達は難しく、蓋然性《がいぜんせい》はないでしょう」

「理屈の上での可能性というわけですか」

　重々しくうなずきながら、内田警部補が言った。

「そうです。しかも、その可能性も、以下の四点から、打ち消されてしまいますがね」

　落ち着いた様子で、大槻警部はその四つの項目を次々と列挙した。死体を調べながら話した共通点だった。

「まず、被害者が息を吹き返さないようにという配慮からか、首を絞めたロープの端は固く結ばれていましたね。それは、誰でもするような本結びとは違って、登山やキャンプなどで用いるもやい結びというものでした。この結び方は、決して珍しいものではなく、本などを見ればどこにでも載っているものですが、だからといって、誰でも知っているものではありません。昨日の事件の犯人と、今日の事件の犯人が別人だとすると、どちらももやい結びを知っていたことになります。結び方が一致したことになりますが、その前に、首の後ろという同じ場所で結んでいるわけでもあり、現実の問題として、こんな偶然があり得るでしょうか」

「便乗犯が手口を真似たとしたら、どうでしょう？」

矢野はこだわって質問した。

「そうですね。完全には否定できませんが、首の後ろに結び目があったことは、公表されていません。つまり、あの結び目を真似て作ることができたのは、実際に死体を見た人間だけということになります。しかし、蝶々《ちょうちょう》結びのように、見てすぐ分かる結び方と違い、知識がないと一目で飲み込めるものではありません。可能性はゼロではないにしても、便乗できたとは思えないのですよ」

「矢野なら簡単に結べるだろうが、私たちには全く無理だ」

内田警部補が弁護するように、口を挟んだ。

「それに、ロープの種類が全く同じだったことを考慮すると、便乗犯の可能性は失くなってしまいます。別々の犯人が、完全に同じ凶器を使うことなど、現実の問題としてはあり得ないので、矢野くんのいう便乗犯しか考えられないわけですが、同じロープを用意できるかというと、不可能としか思えません」

結び目についてと同様、ロープの種類についてももちろん公表されていなかった。実際に凶器を見た者しか、どんなものなのか分かるはずはなかった。

「色や太さ、ロープの構造といった点はともかく、素材まで判断できるでしょうか。見て触ることで、かなり分かるとは思いますが、全く同じものを用意するのは、ロープの商売をしている人でも難しいでしょう。切れ端でも持っていればともかく、記憶だけでは無理だと思いますよ」

「端は切り口が一致しているのでしたね」

　矢野は素直にそのことを認めた。

「そうです。さらに、染みまで同じ成分ときては、誰かが別のロープを用意することは絶対に不可能です。染みがついていること自体に気付かないと思いますが、たとえ見つけたとしても、何をこぼした跡なのか、分かるはずがないでしょう。染みの成分は化学的分析の結果、やっと判明したことで、目で見ただけでは全くどうしようもありません。同じ染みをつけることなんて、できるわけがないのです」

「そうですな。これぱかりはまるで不可能です」

　内田警部補も何度もうなずいて言った。

「そして、最後に、薬のことがあります。これも、睡眠薬の種類に関しては、当然公表されていませんし、死体なり、飲み物だけを見て、何が用いられたか、分かるはずがありません。薬の存在に気付いたかどうかも、疑わしいものです。医者などの専門家でさえ、種類の特定まではできないでしょう」

　ここまで条件があっては、便乗犯の可能性は全くないといってもいいだろう。この二つの事件は、一人の人間によってなされたものであることに疑いなかった。

「まあ、断定してもいいでしょうな」

「これは、同一犯人による連続殺人と考えて間違いありません」

静かな声で、大槻警部が結論を述べた。種々の報告を総合して考えると、動かしようのない事実に思えた。

「明日、病院関係を当たるなりして、捜査を行ないましょう。今日はもう遅いですからね」

その言葉に時計を見ると、とうに十時を回っている。事情聴取に時間が掛かったとはいえ、こんなに遅くなっているとは、今まで気付かなかった。

疲れた顔も見せずに、それぞれが帰り支度を始めた。時間の経つ速さに驚きながら、矢野はロッカー室に向かった。

中入り

第二章を読み終えて、桜木はまたため息をついた。覚えている部分は全くなかった。ただ一つだけ、山下の死体が部屋の中に転がっている予感がしたのを、最初から知っていた気がする。錯覚かもしれないが、記憶の沼の奥底に沈んだ何かを、響かせるような感触があった。

これが事実だと確認できるものは、今回も存在していなかった。桜木の生い立ちなど、細かな部分は合致しているのだが、事件に関するところは、本当なのか作り話なのか、全く判断がつかなかった。

実際にあった話ではなく、単なる小説として読めば、そう楽しめないこともなかった。尾羽に続いて、山下の死体が発見され、同一犯人による連続殺人事件だと、警察が断定している。第一章では、尾羽の死は自殺か他殺か分からないように取り扱われていたが、この章では既に、殺人と確定していた。様々な手掛かりの分析の結果、偽装自殺と判断されたのだろう。

そうすると、遺書の問題や、犯人の脱出経路の問題が生じてくる。これら不可能な事柄について、どのような説明をするつもりだろう。遺書に関しては、尾羽が小説を書いていれば偽造できるようだが、密室の構成方法については、まるで想像もつかない。警察のその後の調査については記されていないので、何とも分からないが、どんな解決をつけるのか楽しみだった。

しかし、桜木にはそんな呑気《のんき》な読み方は、許されてはいなかった。おぼろげな記憶とはいっても、人の首を絞めて殺した覚えがあるのだ。この手には、そのときの忌むべき感触が、はっきりと残っている。ロープから伝わってくる緊張感を、桜木の両腕は紛れもなく覚えている。

これが本当に小説だというなら、特に問題はなかった。凝りに凝ったいたずらというだけで、相手にしなければいい。だが、創作というには細部までが合致し、関係者以外に知りようのない事柄が書き込まれている。覚えてはいないが、既視感のある場面が描かれているのも、桜木にとっては気掛かりなことだった。

何とか確認する方法はないだろうか。ここに書かれていることなど、全く事実無根であることを確かめる、いい手段はないものだろうか。

「先生」

独り考えに耽《ふけ》っていると、ドアにノックの音がして、須美乃の呼ぶ声が聞こえた。仕事の邪魔をしないよう、書斎の中まで入らないのが、いつものやり方だった。

「どうした？」

頭の中の妄想を振り払って、桜木はドアの方を向いた。須美乃に心配させないよう、できる限り明るい声を作った。

「夕飯の買い物に出ます。今日は何がいいですか？」

「献立か」

「何でもいい、は駄目ですよ。ちゃんと考えてくださいね」

そういえば、先程の普段着から、よそ行きの服に着替えている。買い物に行くだけなのに、やはり若い女の子だ。ベージュのコートから覗《のぞ》いている毛糸のマフラーが、色鮮やかで暖かそうに見える。りんごのように頰《ほお》を赤く染めているのが、桜木には頰笑ましく思えた。

「鍋《なべ》にしよう」

何も考えていなかったが、口の方が勝手に動いていた。

「二人でお鍋ですか？」

「寂しいか？」

「いいえ、何でもいいよりは、ずっといいです」

そう言って、笑顔になると、小さくお辞儀をし、須美乃は書斎から立ち去った。ドアを閉めた拍子に、一陣の風がひらりと舞い込んできた。

風か。

少し冷たい空気の流れを感じて、桜木は一人の人物を連想した。その印象は風のように自由で、かなり変わった視点を持った男だった。

「彼なら確認できるかもしれない」

独り言をつぶやきながら、桜木はその人物の名前を思い出した。その風変わりな男は多《た》根《ね》井理《いきとし》といった。

しかし、その次の瞬間、桜木は頭を振ってその考えを追い払った。この問題を他人に相談するのは、やはりまだ早い気がした。

多根井は気ままな風のようでありながら、不思議な魅力を持った人物だった。若すぎるほどだが、才能があり、頭の回転が速く、どこか惹《ひ》かれるところがあった。

そして、多根井はその能力を活かし、いくつかの事件を解決していた。原稿の中に出てくる大槻警部とも、付き合いがあるはずだった。調べてくれるよう頼めば、おそらく確認してくれるだろう。口は固い方なので、誰かに洩《も》らすような心配は、まるで必要がなかった。

ただ、桜木は自分の気持ちの整理がついていなかった。人を殺したかもしれないというような大きな問題を、他人に任せるのは怖い気がした。分かってもらうためには、記憶を失くした事実を話さなくてはならない。これは勇気のいることだった。

原稿はまだ半分くらいは残っていた。読み終えてからでも遅くはない、判断を先送りにして、桜木は第三章に取り掛かった。

第三章　第三の事件

涼しげな呼び鈴の音が聞こえた。お洒落《しゃれ》な山荘にふさわしい、教会の鐘のような落ち着いた音色だった。

玄関の方を見ると、大きな扉を手で支えながら、横山が笑顔を浮かべていた。長谷川たち第一陣に比べると、かなり遅れた到着だった。

「まあ、まあ」

キッチンで夕食の支度をしていた村上が、手をエプロンで拭《ふ》きながら声を上げた。主婦だけあって、丸い身体をしていても、動きも反応も素早かった。

「久しぶり」

大きな荷物を床に置くと、横山はそう言って軽く手を挙げた。病気で休職していたと聞いていたが、見る限りでは元気そのものだった。

村上は抱きつかんばかりに、手を取って動かし、嬉《うれ》しそうに顔を輝かせている。長谷川は早く行こうと思ったが、お腹がつかえて、テーブルからなかなか出られなかった。

「また、太ったんじゃないの？」

こちらに視線を投げながら、言いにくいところをずばっと突く。長谷川は頭を掻《か》いて、笑って誤魔化すしかなかった。

「おっ、こちらは相変わらず、二枚目じゃない。ほんとに久しぶりね」

長身の桜木を見上げながら、横山は自然に手を差し出した。若い頃から美人だったせいか、行動が積極的で、発言がはっきりしていた。

「他のみんなとは同期会とかで、顔を合わせてるけど、桜木くんとはそんな機会ないものね。こんな有名になるなんて、思いもしなかったわ」

二十年以上も前、役所を辞めて俳優になると聞いたときは、長谷川も本気かと疑った。ちょうど景気の悪かった頃で、安定した職を捨てることなど、誰にも考えられなかった時代だった。

「久しぶりに集まるって聞いて、飛び上がるほど嬉しかったわ。美恵子、あなたの発案ですって？」

村上は目を細めてうなずいた。

「ええ。ずっと残念に思っていたの。あれだけ仲が良かったのに」

「そうね。私ももったいないって感じてた。あの頃が懐かしいな、とも」

「そうでしょ。幹事みたいだった持田くんがいなくなってから、春眠会も集まらなくなって……」

持田の名前が出た途端、きれいな顔が歪《ゆが》んだように見えた。事故に関わりの深かった横山は、今でもその話題を忌み嫌っているに違いなかった。

「荷物を置いてきませんか。話はそれからゆっくりと」

そう言うと、長谷川は一階の奥の方を手で示した。それぞれの階には、向かい合って二つずつ、合計で四つの部屋があった。早く来た村上、桜木、長谷川が二階で、尾羽夫妻と山下と横山は一階だった。部屋がそう大きくないため、一室に一人ずつ入っていた。

「行きましょう」

大きい方の鞄《かばん》を持つと、長谷川は割り当てた部屋まで横山を案内した。着替えばかり入っているのか、荷物は見た目ほど重くはなかった。

横山は山荘まで、電車とバスを乗り継いで来たという。帰りは車に同乗することを、長谷川は提案した。

「ありがとう。やさしいのも変《か》わってないわね」

先程の言葉の詫《わ》びのつもりだろう、横山は笑顔でお世辞を言った。事故のときに受けた心の傷は、まだ十分に癒《いや》されていないようだった。

荷物を渡して、部屋を後にすると、長谷川の心に出会った頃のことが自然とよみがえってきた。新規採用者の研修が、七人の知り合うきっかけだった。

同じグループに分けられたときから、長谷川は何故か親しみを感じていた。一緒に作業したり、資料を作成したりしているうちに、その気持ちは進み、次第に近しい間柄になった。研修では、各班のテーマに従って、研究発表をしなければならない。その話し合いのために、自主的に集まったりして、より親密さが増していった。

このまま別れるのは惜しい、研修の打ち上げのときに、村上がそう言い出した。その言葉は、おそらく全員の気持ちを代弁していたのだろう。その場で、春眠会という名をつけて、今後も集まることを決めた。講師の話も聞かず、寝てばかりいたことから選んだ名前だったが、遊びの方は研修とは違って熱心だった。

それからは、忘年会や夏の一泊旅行はもちろん、各人の誕生日を祝ったり、結婚パーティーを催したり、様々な企画を楽しんだ。持田には全員をまとめる力があり、幹事のような役割を果たした。横山はいい店に詳しかったし、山下は安い飲み屋に通じていた。村上は連絡役を買って出たし、尾羽はレジュメを作ったりした。

タイプの違う者ばかりだったのが、却《かえ》ってよかったのかもしれない。不思議なくらい気が合って、春眠会の集まりは十年近くも続いた。

ところが、全員が参加した旅行の最中に、持田が事故に遭《あ》った。冬の湖にボートを漕《こ》いで出て、溺《おぼ》れ死んでしまったのだ。そのとき一緒に乗っていた山下と横山が言うには、流されたオールを持田が飛び込んで取ってくれたのだという。しかし、あまりの水の冷たさに、心臓麻痺《まひ》を起こしたのか、そのまま力尽きてしまったらしい。

その事故が起きて以来、残された六人は集まらなくなった。仕事が忙しくなったこともあったが、持田のことを思い出すと、気の重さを感じるからだった。

しかし、その一方で、いつも残念に思う気持ちもあった。あれだけ仲が良く、一緒に遊んだのに、もったいないとも感じていた。

年齢を重ねるにつれて懐かしくなり、月日の流れとともに、持田の事故のショックも薄らいできた。仕事などで顔を合わせると、また会いたいねと言うようになり、同期会で一緒になると、今度こそ集まろうと言うようになった。そこで今回の旅行が実現したのだった。

「へえ、こんなところにも新聞が配達されるんだ」

横山は着替えることもなく、すぐ広間に戻ってきた。クッションを一つ取ると、それに凭《もた》れて夕刊を読み始めた。

「地元の人に頼んで、持ってきてもらっているのよ」

村上は眉《まゆ》をひそめて言った。声は何気なさを装っていたが、目は新聞を睨《にら》んでいた。

「ちなみに、欲しいものも連絡すれば、持ってきてくれますよ」

その表情を見て、長谷川は場を紛らすように言った。何が不愉快なのかは知らないが、気を逸《そ》らした方がよさそうに思えた。

微妙な緊張感に気付くこともなく、桜木はじっと窓の外を眺めている。明るい照明で作られた陰影が、彫りを深く見せて、顔立ちが普段よりも男らしく映った。

「便利なものね。若い男でも届けてくれないかな」

ぽんぽんと物を言って、横山はストレスなど溜《た》めそうなタイプには見えなかった。しかし、休職の理由がアルコール依存症の治療のためだったと、長谷川はこの旅行の前に聞かされていた。

横山は総務局人事部で、職員の異動や昇進に関《かか》わる仕事にずっと携わってきた。機密性の高い人事の業務は、こちらの想像以上に大変だったのかもしれない。また、横山は今もまだ独身で、年老いた母親と二人で暮らしている。そんな家庭環境も、目に見えない緊張感を高めるのに、関係していたのかもしれなかった。

「あ、あたっ」

朝刊の広告を見ていた横山が、突然そう叫んで、薬指を口にくわえた。紙で手を切ったようだった。

「どうしたの?」

背を向けていた村上が、カウンター越しに驚いた顔で振り返った。

「大したことない。広告で指を切っただけだから」

口に指を入れたまま、横山が聞き取りにくい声で返事をする。

「紙で切ると痛いじゃない」

「大丈夫。慣れてる。私、そそっかしくて、よく怪我《けが》するのよ」

そういえば、左手の人差し指にも、半透明の救急絆創膏《ばんそうこう》を巻いている。夕食の手伝いに立とうとしないのは、その傷のせいかもしれない。

「救急箱はありませんかね」

長谷川はないとは思いながらも、周りを見回しながら言った。簡単には立てないところが、自分でももどかしかった。

「探してみよう」

身のこなしの軽い桜木は、すっと立ち上がった。もう五十歳近い年齢なのに、体型は若い頃と全く変わりがなかった。

この山荘は村上の友人のものだが、めったに使わないらしい。そのため、台所用品や掃除道具くらいはあるが、備品はほとんど置いていなかった。滞在するときに持参すれば、それで十分だったのだろう。そう思いながら探してみたが、長谷川の予測した通り、山荘の中に救急箱は見つからなかった。

「ないな」

まだ諦《あきら》めきれない様子で、桜木がつぶやいた。

「いいわよ、別に」

「傷口が開いて、気になるだろう？」

紙で手を切ると、大した傷でないくせに、変に痛い。指の場合には特にそうだ。

「誰か、バンドエイドを持ってきていませんか？」

近頃のトラベル・セットの中には、救急絆創膏が入っていることもある。そう思って、長谷川は尋ねてみたが、三人とも首を横に振った。

「山下くんなら、いつも持ち歩いているのにね」

薬指に息を吹き掛けながら、横山がつぶやいた。傷は血が出ているわけでもなく、ただ痛いだけのようだった。

「さあさあ、御飯にしましょ。ないものはしょうがないじゃないの。食べているうちに、痛みも忘れるわよ」

明るく大きな声で、村上がカウンター越しに言った。家庭的で世話好きなのは、若い頃からの特徴だった。

メニューは手間の掛からない手巻き寿司だった。色とりどりの具が、いくつかの皿に分けて置かれている。それを運ぶのを手伝った後、長谷川はビールを冷蔵庫から出した。横山は部屋に一度戻ると、何故か水筒を持って帰ってきた。

「典子はおしょうゆがしみるかもしれないけど、我慢してね」

テーブルに着くと、村上は小皿を分けながら言った。

「大丈夫よ。切ったのは薬指だから」

缶ビールを渡しながら、横山は笑顔で首を振った。

「あらっ、長谷川くん、お酒飲んで大丈夫なの？　止められてなかった？」

村上がこちらを見て、母親のような顔で指摘する。プルトップのリングに掛かっていた指を、長谷川は慌てて止めた。

「これはビールですよ」

「ビールって、お酒じゃない」

「より水に近いものです」

「そんなこと言って、本当に病気になっても知らないわよ」

忌まわしいことに、長谷川は糖尿病を患っていた。この体型では当然かもしれないが、医者からアルコールは控えるよう忠告されていた。

「でも、桜木くんは少しも変わらないわね。羨《うらや》ましいわ」

横山は少し口を尖《とが》らせて、小さく首を振った。年齢を考えれば十分きれいだが、昔の輝きは取り戻せそうになかった。

「十分変わったよ」

左手で髪を掻《か》き上げると、桜木はそっけなく返事した。

「どんな化粧品を使ってるの？　永遠に若さを保てる人魚の肉？」

「まさか」

水筒からお茶らしきものを注ぐと、横山は村上の方を向いて言った。

「若い世代に接するといいというじゃない。気持ちまで若返るって」

「そうね」

「今の職場だと、接する機会が多いのよ。新採研修とか接遇研修で」

「ああ、研修所だものね」

「でもね、もうついていけないのよ。自由課題で研究発表させたら、どんなテーマが出てきたと思う？　女性のファッションと社会進出についてって題で、下着について論じ始めるのよ」

「まあ」

村上は驚いたような声を上げた。

「それでね、ブラジャーでフロント・ホックってあるじゃない」

箸《はし》を宙に浮かせたまま、横山は全員の顔を見渡した。女性に縁はなかったが、それが身体の前で外せるタイプのものであることくらい、長谷川も知っていた。

「それを好む女性の割合を出して、昇進の程度とか、仕事でのポジションとかとの関連を調べているのよ。男の子は恥ずかしそうに俯《うつむ》いてたけど、女の子は平気なのね。そのテーマも、やっぱり女の子の提案だったっていうの」

話を聞いていて、長谷川は少し恥ずかしくなってきた。若い女性が積極的なのは知っていたが、下着の話を堂々とする神経には、ついていけなかった。

「それって、男がブリーフ派かトランクス派かで、仕事に影響が出るか調査するのと一緒だと思うんだけど……あ、桜木くん、ちゃんと話聞いてる？」

横目で睨《にら》むと、横山は缶ビールを口に運んでいる桜木の脇《わき》を突いた。

「ああ、聞いてるよ。フロント・ホックって前で留めるやつのことだろう？」

「うん、それはそうだけど……もう、真剣に聞いてないわね」

ため息をつくように、横山は長く息を吐き出した。

「あら、長谷川くんの顔が赤いわよ。ビールも飲んでいないのに」

村上が嬉《うれ》しそうに、こちらを指差して言った。女性の下着の話をされて、顔を赤らめない男などいるのだろうか。

「あら、エッチな話じゃなかったのに」

「健全な話をするべきです」

長谷川は威厳を持って、話題を変えるように主張した。

「長谷川くんには刺激が強すぎたのね」

丸い眼鏡の奥の目を細めて、村上がからかった。長谷川だけは年下だったため、この種の冗談は昔からよく聞かされていた。

「まあ、いいでしょう。それより、もう知ってると思うけど、どくだみ茶のことを話しておくわ」

横山はそう言うと、手元に置いてあった水筒を指差した。わざわざ食事の前に部屋へ戻って、取りにいったものだった。

「私がアルコール依存症だったことは聞いているでしょう？」

「え？」

長谷川は答えに窮した。

「美恵子から聞いたでしょう」

「ま、まあ……」

はっきり言葉にすることができず、長谷川は曖昧《あいまい》に返事した。知っていると認めていいものか、一瞬では判断がつかなかった。

ここに集まる前に、横山にはアルコールを勧めないよう、村上から頼まれてはいた。昔は辛党だったので、理由を尋ねると、病気のことを教えてくれたのだった。

「職場ではもちろん知られてないんだけど、ここでは打ち明けることにしたの。寝食をともにするわけだし、ずっと以前からの仲間だから。私がよく飲んだこと、みんな知ってるでしょう」

「そうですね」

長谷川は素直に認めた。横山を落とすには酒では駄目だと、他の同期が嘆いていたことを、そのときふと思い出した。

「それにね、お医者さんを紹介してもらったから、麻美は知ってるのよ。麻美はもちろん病気のことなど言わないでしょうけど、私が黙っていると、彼女がつらい立場になるでしょう」

酒豪だった横山には、もちろん誰もが酒を勧めるだろう。それを断り続ければ、どうしても気まずい雰囲気になる。理由を知っている尾羽としては、間に挟まれた格好で、やりにくいに違いない。横山はそのことを考えていたのだろう。

「隠して嫌な思いをするより、知ってもらった方がやりやすい、そう思ったの。それに、仕事と違って、これで信頼が失くなるわけでもないしね」

「それで、私に頼んだのね、みんなに伝えて欲しいって」

まんまるの眼鏡を外しながら、村上が口を挟んだ。

「そう。こうして打ち明けたのは初めてよ。何だかほっとしたような気分」

心のうちを語る横山の顔は、意外なほど明るかった。溜《た》まっていたものを吐き出して、気持ちが楽になったのかもしれなかった。

「それで、完治したのか？」

横顔のまま、桜木が低い声で尋ねた。

「アルコール依存症なんて、心の病気だからね。完治なんてないのかもしれない」

横山は水筒の蓋《ふた》を開け、中の飲み物を湯呑《ゆの》みに注いだ。

「だから、そうしてどくだみ茶を？」

レンズを服の裾《すそ》で拭《ぬぐ》いながら、村上がためらいがちに訊《き》いた。

「そうね。原因は仕事だったから、異動すれば大丈夫なはずだけど、やっぱり怖いのよ。お酒に溺《おぼ》れるんじゃないかと思うと、これ以外は飲めなくて」

ここに来る前に、村上から聞かされていた通りだった。横山はアルコールだけでなく、どくだみ茶以外のものを、一切飲まなくなっていた。

「でも、職場なんかではどうしてるの？　お酒だけじゃなくて、お茶もコーヒーも飲まなかったら、大変でしょ」

「ええ。部下からは付き合いの悪い上司だって嫌われているわ。変人って声もあるし。そりゃ、そうよね。いつもこの水筒を持っていて、どくだみ茶しか飲まないんだから」

「事情は説明できないものね」

「もちろんよ。それで社会復帰できるほど、世の中甘くないわ。特に女はね」

「そうね」

しんみりとした顔で、村上は小さくうなずいた。男女格差がない公務員でも、昇進には性別が無関係ではなかった。

「それで、原因は何だったんだ?」

缶ビールを弄《もてあそ》ぶようにしながら、桜木が立ち入った質問をした。こちらに向けているのと反対側の顔が、鏡のようになった窓に映っていた。

「原因?」

「いや、話せないのなら、いいんだ」

「ううん、そういうわけじゃないの」

はっきりとした声で横山は言った。

「仕事だったんでしょう? さっきそう話していましたよね」

長谷川は助け船を出した。

「ええ。秘密の多い仕事で、神経がくたびれていたのは事実よ。更年期で体調もおかしくなっていたし、それがお酒に溺れ始めた原因だった」

色のない声で話しながら、横山は誰とも目を合わせなかった。テーブルの上に手を重ねて、どこか遠いところを見つめていた。

「でもね、本当の理由はあの事故だった。冬の湖で持田くんが死んだ事件が、私の心からは消えてくれなかったの」

横山は努めて冷静に語っていたが、それでも口調は早くなった。事故の光景でも思い出したのか、強く目を閉じると、耐えるように下唇を噛《か》んだ。

あのときに受けた激しい衝撃を、長谷川は今も忘れられなかった。まだ若かったこともあったが、予期せぬ大事件に驚き、怯《おび》え、そして、混乱した。

それより以前に、長谷川は尾羽の事故を目撃していた。二本の指が使えなくなるほどの悲劇で、そのときにも非常に心を痛めた。しかし、持田の場合は死んだのだった。春眠会で起きた二つ目の事件は、最初のと比較にならないほど、長谷川にとっては大きなものだった。

しかし、横山の感じたショックは、そんな程度のものではなかったのだろう。一緒にボートに乗っており、持田の死に直面した事故の当事者だったのだから。

人事には様々な人の思惑が交錯する。仕事と割り切らなければできない、非人間的な処置もあったのだろう。そんな中では、時の流れはその傷を癒《いや》すのではなく、逆に剝《む》き出しにする役目を果たしたのかもしれない。事故で受けた傷は、気付かないうちに、心の中で大きくなっていたのだろう。

「典子、もういいわ。その話は終わりにしましょう」

顔を幾分強《こわ》ばらせて、村上は大きく首を振った。

「持田さんの事故は、ぼくも思い出したくないです」

長谷川は穏やかに言った。これは誰もが思っているはずのことだった。

「……そうね。お通夜みたいな気分になるものね」

ゆっくり目を開けると、横山は笑顔を作った。無理に頬笑《ほほえ》んだことの分かる不自然な笑いだった。

桜木はまた窓の外を見つめていた。月が雲の間から顔を覗《のぞ》かせていた。

「飲もう」

缶ビールを村上が手渡してきた。プルタグを勢いよく引っ張ると、長谷川は何も考えず一気に飲み乾《ほ》した。

†

その次の日の朝、長谷川が下に降りると、村上はもう朝食の支度に取り掛かっていた。

時刻は八時を少し回ったところだった。

軽く挨拶《あいさつ》を交わして、洗面所に向かう。昨日の重苦しい雰囲気が残っていて、あまり話をしたい気分ではなかった。

外はきれいに晴れていて、生い茂った緑が鮮やかに見えた。聞き慣れない啼《な》き声を上げて、鳥の群れが山裾の方へ飛んでいく。空の色は夏とは違って、透明感のあるセルリアン・ブルーだ。消え残った月が、雲に溶けるように低く浮かんでいた。

風景を楽しみながら歯を磨いているところへ、ジャージ姿の桜木が入ってきた。肌の色が白いせいで、派手な原色でも見事に着こなしている。

「おはよう」

桜木はその一言だけで済まして、朝の体操を始めた。無駄な肉のない、締まった身体つきは、二十代といっても通用しそうだった。俳優という職業は、体型の管理も仕事の一つには違いない。しかし、自分の腹を見て、長谷川は自己嫌悪に陥らないではいられなかった。

ため息とともに広間に戻ると、村上が熱い紅茶を淹《い》れてくれていた。朝はこれを飲まないと、一日が始まらない気がしていた。

長谷川はテーブルに着くと、届けられていた朝刊を開いた。持って降りておいたラジオに、イヤホンをつけて選局する。

「どうも、おかしいわね」

こちらを意識しながら、村上が首を傾げて言った。キッチンに置いてある品物を、一つ一つ確かめている様子だった。

「どうしたんですか？」

「何か変なのよ。昨日寝たときと、違う気がするの」

そう言って、村上は冷蔵庫の扉を開けた。全てを確認しないと、気が済まないようだった。

「違う気がするって？」

「場所が変わっている感じがするのよ。夜中に誰かがいじくったみたいに」

さらに首を傾げながら、村上はドアを閉めた。苛立《いらだ》ちの程度を示すように、それは大きな音を立てた。

「ぼくはいじっていませんよ」

イヤホンを耳から外すと、ラジオを切って長谷川は否定した。朝刊も畳んで、村上の顔を見上げた。

「でも、気のせいとは思えないのよ。菜箸《さいばし》が見当たらないし」

「私も触ってないが」

洗面所から戻ってきた桜木が、同じように否定した。ジャージと同じくらい派手なタオルを、首から垂らしていた。

「掃除機だって、用具入れから出たままだったの。はたきもなくなってるし」

「そういえば、夜中に掃除機の音で起こされましたよ。すぐに止んだんで、気にせず寝てしまいましたけど」

村上の言葉を聞いて、長谷川はそのことを思い出した。何時だったのかは不明だが、掃除機であることは間違いなかった。

「横山じゃないのか？」

テーブルに着くと、桜木が指摘した。

「可能性はありますね」

「典子が夜中に起き出して、台所のものをいじくり、冷蔵庫を開け、掃除機をかけたっていうの？」

「考えられませんか」

村上は首を横に振った。

「聞いてみないと分からないけど、きっと違うわね」

「やっぱり」

その見解には長谷川も賛成だった。とった行動を言葉にしてみると、ずいぶんばかげた推測に聞こえた。

「まあ、起きてきたら、訊《き》いてみるわ」

そう言うと、村上は朝食の支度に戻った。首を捻《ひね》っていたわりには、意外とこだわった様子はなかった。

夜、目が覚めて、喉《のど》が渇いたのでキッチンへ降りるのは、長谷川もよくすることだった。そのとき、暗いままだったために、必要のないものにうっかり触ってしまうことも、確かにないではない。

しかし、横山がそのような行動をとることは、まず考えられなかった。なぜなら、どくだみ茶以外の飲み物を、今は口にしようとしないからだ。夜中に喉が渇いたのなら、水筒の中身を飲むだけで済む。わざわざ部屋を出て、キッチンまで行く必要もないし、冷蔵庫の中を漁《あさ》る理由もない。

では、他に何か欲しいものでもあったのだろうか。菜箸とはたきという、全く関連のなさそうな二つのものが失くなっているが、それが必要だったのだろうか。品物の位置が変わっているのは、使えそうなものを探していた痕跡《こんせき》のようにも思える。だが、出したままになっていた掃除機は、どのように関連してくるのだろう？

長谷川はあの不愉快な音で、夜中に一度目を覚ましている。掃除機も重要な物品だったのだろう。しかし、一体何のために必要だったというのか。菜箸とはたきと掃除機の共通点を、長谷川は見つけだすことができなかった。

「八時半か」

左手に目を落としながら、桜木がぽつりとつぶやいた。それから、顔を上げて、一階の奥の部屋に視線を投げ掛けた。

「そういえば、遅いですね」

その動作の意味を理解し、長谷川は同意して言った。起きている三人と違って、横山は酒を飲んでいないはずだった。

もちろん、飲んだといっても、昨日は酔い潰《つぶ》れるほどではなかった。場の空気が湿っぽくて、十時には部屋に引き上げていた。一人だけ素面《しらふ》の横山に、気を遣っていた意味もある。飲みたくても飲めないつらさは、長谷川が一番よく経験していた。

「仕事で疲れてたんじゃない。さあ、先に食べてしまいましょ」

村上はカウンターから声を掛けると、手に持ったスプーンを振った。そのおまじないめいた仕草は、皿を運んで欲しいという意味に違いなかった。

朝食はベーコンやソーセージに、スクランブル・エッグといった簡単なものだった。トマトの輪切りと水滴のついたレタスが、新鮮そうに見えた。村上は朝から食欲旺盛《おうせい》だ。桜木はココアを飲むばかりで、食べる物にはあまり手をつけなかった。

「今年の異動でね、私たちの職場が隣同士になったのよ」

コーヒーをおかわりしながら、村上は桜木に話し掛けた。食事の最中でも喋《しゃべ》っていないと気が済まないようだった。

「四月一日付けで、西図書館の副館長になったの。それで、長谷川くんと毎日顔を合わせるようになったのよ」

「ほう」

「西区は、区役所と図書館が隣接していましてね」

あまり話したい気分ではなかったが、長谷川は仕方なく説明を入れた。保健所や区民センターを併設している区はあるが、図書館が隣というのはそう多くない。

「毎朝バスで会うし、お昼御飯を食べに出ると会うし、近くで飲んでいると会うし、自然と機会があったのね。そのうち、一緒に飲みに行ったりするようになって、といっても、長谷川くんはお酒を止められているんだけども、二人で話をしていると、みんなで遊んだ頃が懐かしくてね」

「なるほど」

「他のみんなとも会うたびに、集まりたいねなんて言ってたけど、長谷川くんと飲みに行くようになってからは、特にそう思ったの。残念だな、もったいないな、ってね」

「そうか」

桜木はごく短い返事しかしなかった。仕方なく聞いてはいるが、話の中身に興味はなさそうだった。

「そんなときに、同期会で麻美のことを聞いたの。子供を事故で亡くしたって」

ふくよかな村上の顔が、その一瞬、引き締まったように見えた。口調までが改まったものに聞こえた。

「原因はよく分からないけど、持田くんの事故と似ていたみたい。ボートを漕《こ》いで出て、湖から戻ってこなかったのよ」

その同期会には、長谷川ももちろん出席していた。小柄だった尾羽はやつれて、より小さくなったように見えた。一週間泣いて暮らした後も、一カ月は家に籠《こも》りきりだったという。仕事も已《や》むを得ないときだけ出勤し、実際にはほとんど休んでいたと聞いた。

「麻美の落ち込みようったら、なかった。同期会のときで、立ち直っていたというんだから、どれだけショックだったか分かる。子供に先立たれた母親ほど、悲しいものはないのよ」

頭を振りながら話す村上にも、三人の子供がいた。年賀状で成長ぶりを見ているが、息子も娘も母親とそっくりだった。

「それで、今回の企画というわけか」

ココアを飲み終えて、桜木はカップを置きながら言った。

「ええ。麻美のために、何かしてあげたかったの。迷惑かもしれないけど、元気づけてあげられたらって」

「なるほどね」

「これって、私たちが久しぶりに集まる、いいきっかけでもあったのよ。何か理由がないと、みんなに声を掛けにくいでしょ」

「口実か」

「そうなの。でも、口実にすることで、麻美の気持ちも軽くなるでしょう。自分のために集まってもらうなんて、嬉《うれ》しくても負担を感じるもの」

「そうだな」

「いい企画だったでしょ」

その言葉に、桜木だけでなく、長谷川もうなずいた。こうして誰もが賛成したことを考えると、村上の気持ちが全員に伝わったのかもしれなかった。

「さて、そろそろ片付けましょう。典子を起こした方がいいわね」

身体のわりには素早い動作で、村上はさっと立ち上がった。家事労働による運動で、日頃から鍛えられているに違いなかった。

「もう、九時半になる」

桜木は左手に視線を投げて、時間を確認する。そんな何気ない日常の動作にも、俳優らしさが漂っていた。

「ええ。じゃあ、お皿を流し台に運んでおいてくれる？」

そう言い残すと、村上は横山の部屋に向かった。長谷川は苦労して立ち上がると、言われた通り後片付けをした。

朝刊を隅に置こうとして、昨日の新聞が失くなっていることに気が付いた。これも横山の仕業だろうか。菜箸、はたきに続いて、新聞紙の消失。これらと掃除機の間に、関連が見つかるとは思えない。

そう考えていたときに、気味の悪い音が聞こえてきた。それが村上の上げた声だとは、すぐには分からなかった。

「どうしたんです？」

やっと悲鳴だと気付いて駆けつけた長谷川は、まず、ドアのところで倒れている村上の姿を見つけた。そして、その奥に、無残な死体になった横山を発見した。

床に散らばった新聞紙や荷物、机の上の菜箸《さいばし》やはたきも目に入ったが、死体の印象があまりに強烈だった。絞殺されると顔が変わると聞いていたが、これほどのものとは思っていなかった。

「し、死んでるわ」

村上はまるで呪文《じゅもん》をかけられたように、立てなくなっていた。ズボンの裾《すそ》をしっかりと摑《つか》まれて、長谷川も動けなくなった。

机の引き出しや、衣裳《いしょう》戸棚の扉が開いたままで、部屋の中は引っ繰り返されていた。ごみ箱にはセロテープのついた紙屑《かみくず》が、丸めて捨ててあった。

「さ、さ、桜木さん」

叫ぶように名前を呼ぶと、情けないことに声が裏返った。震えているのは、村上ではなく自分であることに、長谷川はようやく気が付いた。

一番冷静だったのは、桜木だった。警察へ通報すると、横山の部屋から連れ出してくれた。

「何てことだ」

呻《うめ》くような桜木の声も、長谷川は遠くで聞いていた。苦痛に歪《ゆが》んだ横山の顔が、目に焼きついて離れなかった。

†

矢野は現場の様子を見て、誰かが家捜《やさが》ししたような印象を持った。子供が散らかしたまま片付けずに放ってある部屋のようにも思えた。

まず、被害者のボストン・バッグの中身が床にぶちまけられていた。財布や小物を入れてあったはずの小さな鞄《かばん》も同じだった。何かを探すためにそうしたことは、貴重品が残されていることから分かる。被害者に恐喝されていて、そのネタになるようなものを取り戻そうとしていたのかもしれない。

犯人は鞄だけでは飽き足らず、部屋の中まで捜索したようだった。机の引き出しは開いたままだし、衣裳戸棚の扉も閉められていない。据え付けのテレビのアンテナが、何故か曲げられている。

それだけでも見苦しかったが、料理のときに使う長い箸が、机の上に置いてあった。また、細長い竹の棒の先に、薄い布をいくつか束ねてつけたものが、その隣に並んでいる。小学生でもないのに水筒が用意され、その蓋《ふた》にはお茶が入ったままだ。

そして、床には拡げられた新聞紙が、何枚も無造作に放置されていた。その新聞を細長く丸めて、棒のようにしたものも、二本ほど捨てられている。

「ひどい有様だな。この部屋にだけ台風でも来たのか」

現場の惨状を目にすると、内田警部補がまず口を開いた。台風にしては、床の新聞紙も机の上のものも、整然としすぎている気がするが、言いたい中身は伝わってきた。

「物取りではないようですね」

床に落ちている財布の中身を見ながら、大槻警部がつぶやいた。現金の他に、キャッシュ・カードやクレジット・カードも、ちゃんと残されている。犯人は金目のものには全く興味がなかったらしい。

「ここで強盗をしても、商売にはならんでしょう」

内田警部補が珍しく冗談を言って笑った。こんな人の少ない場所を狙《ねら》うのは、裸体主義者の村ですりを営むのと、あまり変わらないだろう。

「そうですね」

軽く笑ってみせると、大槻警部はばらまかれている荷物を丹念に調べ始めた。着替えの類がほとんどで、旅行に出るときに持っていく普通のものばかりだった。

「ということは、犯人には探しものがあったんでしょうね」

矢野はその横にしゃがみ込んで言った。折り畳み式の傘の骨が、何故か無残に折り曲げられている。

「ええ。この様子だと、なかなか見つからなかったようですが。部屋の外まで、探索に出掛けたみたいですね」

部屋の中には確かに、何かを探した痕跡が残っていた。これだけ引っ繰り返したということは、目当てのものの捜索が容易ではなかったからだろう。また、新聞紙や料理に使う箸が、最初からこの部屋にあったものとは考えにくい。それは、キッチンや広間といった場所も、調べて回ったことを意味していた。

「この季節では、やはり手袋は持ってきていませんね」

大槻警部はそう言うと、落ちていた荷物の調査を終えた。二つの鞄の中身からは、手掛かりは得られなかったようだった。

「で、何だ、この新聞紙は？」

その傍《かたわ》らで、内田警部補が不機嫌そうに言った。丸めた棒状の新聞紙を取り上げて、しげしげと観察していた。

「何でしょうね。菜箸やはたきとの共通点を探ると、細長いということですが」

大槻警部も意味が分からないようで、軽く首を傾げていた。菜箸やはたきという聞き慣れない言葉は、きっと机の上に置いてあるものの名前なのだろう。

「二本というのは、箸を作ったということですかね」

「さて、どうですか。ただ、この新聞は、斜めの方向に巻かれています。長さが欲しかったということでしょう」

さすがに大槻警部は観察眼を素早く働かせている。新聞紙でできた奇妙な棒は、確かに一番長くなる巻き方で作られていた。

「新聞紙の端が、尖《とが》らせてありますな。何かを摑むためのものという考えが、有力だと思います」

「なるほど。また、先の方が薄く破れています。セロテープのような粘着力のあるものを剝《は》がした跡みたいですね」

そう言うと、大槻警部はごみ箱の中を覗《のぞ》き込んだ。紙屑みたいなものが捨ててあって、それもこの部屋を雑然と見せている原因の一つだった。

「これはバンドエイドですか」

大槻警部が最初に拾い上げたのは、一番上にあった絆創膏《ばんそうこう》だった。ちょっとした怪我《けが》によく使う、薬のついたガーゼと、粘着性のあるテープから成ったものだ。使った後のもののようで、小さく丸められて、糊《のり》が黒いかすになり付着している。ガーゼ状の部分には、血のような赤い色の染みが、はっきりと残っていた。

「望月さん、検案中に申し訳ないのですが、被害者の手か足に、傷がないか見てもらえませんか。絆創膏で済むような、軽い切り傷か擦《す》り傷なんですが」

望月検死官は既に到着して、死体の検分を早くも始めていた。整った顔をこちらに向けると、何でもないといった様子でうなずき、すぐに答えを返した。

「左手の人差し指に、縫合した跡がありますね。皮膚の色が、帯状に違っているようにも見えます。あと、右手の薬指に、ごく浅い傷がありますが、これは血が滲《にじ》んでいません。絆創膏を巻いていたのは、おそらく左手の傷でしょう」

「すみません。助かりました」

感謝の言葉とともに、大槻警部は深く頭を下げた。親しくとも礼儀正しいのが、いつものやり方だった。

「被害者の巻いていた絆創膏かどうかは、この血を比較すれば分かる。鑑識に回しましょう」

内田警部補は鑑識の係員に分析を頼んだ。部屋には、指紋を採取したり、遺留品を調べたりする担当者が、矢野たちと一緒に動いていた。

現在では、ABO式だけでなく、Rh式やMN式など、様々な血液型を調べることで、血痕《けつこん》が誰のものか、ほぼ判別できるようになっている。どの種類も同じ血液型を持つ人間など、そうはいないからだ。その二人が同時に事件に関わる確率となると、完全ではないものの、現実にはゼロに等しい。だから、関係者が限られている場合には確定と見なされている。

「あの絆創膏は、被害者が自分で捨てたのでしょうか。それとも、犯人が被害者の指から剝がし、そして、捨てたのでしょうか」

矢野は首を捻《ひね》りながら尋ねた。

「犯人が絆創膏を剝がす？　一体、何のためにだ？」

「分かりません。被害者の傷の具合を見たかったとか」

「死体の傷を見てどうする」

「いや、さあ……」

「長い間巻いていたために、粘着力が失くなって、被害者が自分で捨てたと考えるのが普通だろう。違うか？」

辛辣《しんらつ》な口調だったが、内田警部補の考え方は筋が通っていた。犯人が絆創膏を剝がしそうな理由は、簡単には見つかりそうになかった。

「おや、この紙屑には、セロテープがついていますね。どこかに貼《は》ってあったもののように見えますが」

ごみ箱をさらに調べていた大槻警部が、紙屑を引っ張りだして言った。それは長い帯のようになっていて、日に焼け黄色く変色していた。長い方の辺の片側には、セロテープがついていたが、それは粘着力を失くしているだけでなく、ぱりぱりと音がして崩れる。長い間貼ってあったものを剝がして、それを捨てたもののように思えた。

「ここですよ」

内田警部補が机の奥と壁の間を指差して言った。そこにはテープを貼ったような直線のきれいな跡があり、他の部分と若干色が違っていた。

「隙間《すきま》がありますね」

机に乗るような格好で、大槻警部は壁と机の間にできた空間を覗こうとした。ほんの数センチだったが、机の奥は壁にくっついておらず、小さな隙間ができていた。

「その紙は、物が落ちないように、壁との間を塞《ふさ》いでいたんでしょう。指輪とかイヤリングとか、高価なものを失くすと大変ですからな」

「この机は動かせませんか」

そう言いながら、大槻警部は手前に引っ張ろうとした。大きくてがっしりとした机は、一人ではびくともしなかった。脚が三方、囲いの形になっていて、その部分が美しい石でできている。これを設置するときには、特殊な機械を使ったに違いなかった。

「いや、動くもののはずですよ」

矢野は周りと見比べて答えた。左手にある戸棚は備え付けだったが、机はそうではなかった。そもそも、作り付けの家具だったら、隙間など最初からあるはずがない。何かの拍子に動いてしまったからこそ、壁との間が開いて、紙で塞いだのだ。

「何か落ちているんですか？」

納得のいかない顔つきで、内田警部補が尋ねた。

「ええ。きっと犯人にとっては、あまり都合のよくないものが」

簡単には動かないことを悟り、大槻警部は隙間の周りを調べていた。右手は壁に接し、左手は衣裳《いしよう》戸棚にぴたりとつき、脇《わき》から掻《か》き出す手はなかった。囲いの形になっているので、机の下からも達する道はない。結局、狭い隙間の上から、細長いもので釣り上げるより、拾う方法はなかった。

「なるほど。それで、菜箸《さいばし》にはたきか。意味がようやく分かってきたぞ」

内田警部補が叫ぶように言った。細長いものを揃《そろ》えたのは、隙間に差し込んで落ちた何かを取るためだったのだ。

「これらでは当然、長さが足りません。ですから、新聞で棒を作ったのでしょう」

机の高さはざっと見て、一メートル近くはあった。菜箸やはたきなどでは、短くて届くはずもなかった。といって、幅は数センチしかないから、指先を入れるのが精一杯だ。より細長いものが必要だったということなのだろう。

「二本だから箸という思いつきも、全くはずれではなかったわけですか」

「そうですね。挟んで取ろうとしたのでしょう」

「考えましたね」

隙間に落ちたものを上から拾う方法は、そう多くあるわけではない。細長いものを二つ使って抓《つま》むか、針金に類するものを曲げて、先に引っ掛けて釣り上げるか、とりもち状のものを先につけて、粘着力で拾い上げるか、せいぜいそれくらいのものだろう。あと思いつくといえば、掃除機で吸い込むことくらいだ。犯人は実行できそうな方法を、必死で考えたことだろう。

だから、被害者の荷物を荒らしたし、部屋の中を引っ繰り返した。キッチンなどの他の場所も調べて回った。折り畳み式の傘や、テレビのアンテナが曲がっていたのは、犯人が折ろうと試みたせいだろう。犯人の探していたものは、おそらく、拾い上げるのに役立つ道具だった。

しかし、個人の住宅とは違って、そう都合のいいものはなかった。物差しもなければ、ガムテープもない。隙間の紙に貼ってあったセロテープはぼろぼろで、既に粘着力を失くしている。結局、菜箸やはたきくらいしか見つからなくて、新聞紙で棒を作るよりなかった。

「この先に、ごみ箱に捨てたセロテープもつけてみたんでしょう。だから、新聞紙が薄く破けているのですよ」

不可解だった事柄が、だんだん分かるようになってきた。新聞紙の棒で隙間を探る犯人の姿が、矢野の目の前に浮かんできた。

「そんなもので、取れるとは思いませんな。針金があるといいんですが。おい、誰か持ってないか」

「いや、机を退かしてしまいましょう。三人で引っ張れば、何とかなると思いますよ」

大槻警部はそう言うと、矢野に左側を受け持つよう指示した。天板に返しの部分があって、そこに手を掛けると力がうまく伝わりそうだった。

「じゃ、いきますよ」

三人で声を合わせて、せいのと言って引っ張る。屈強な刑事が一致団結して、やっと机は動いた。ほんの少しずつではあるが、隙間は徐々に大きくなっていく。

「これだけ力がいるんじゃ、机を押して壁につけるのは大変だ。ここの持ち主が、隙間に紙を貼っておいた理由が、やっと分かりましたよ」

人が入れるくらいのスペースができて、内田警部補は手をはたきながら言った。一人ではとても動かせないから、持ち主のその処置は已《や》むを得なかったのだろう。

その間に、大槻警部がひらりと中に入り、落ちているものを拾った。白い手袋の上に光っているものは、小さな金属のプレートだった。

それは、縦二センチ、横四センチほどの、薄く平べったいものだった。キー・ホルダーの一部だったのか、端に小さい孔《あな》があった。鈍い金色をしており、かなり古いものであることが分かる。何かの記念に作った品物らしく、細かな文字が刻まれていた。

「シュンミンカイですか」

目が痛くなるような字を読んで、大槻警部は言った。金属片に彫られたローマ字は、ところどころ曲がっていて、少し読みにくかった。

「その後は、キミヒコ、モチダ。つまり、持田公彦ですかね」

これが犯人の名前だったら、一件落着だった。そうではなくても、犯人の持ち物だったとすれば、大きな手掛かりになるのは間違いない。

「指紋を調べてもらいましょう。犯人のものが残っているかもしれません」

大槻警部は落ち着いた声で言うと、鑑識課の人間に声を掛けた。指紋を採取している人間は、まだ部屋に残っていた。

「今ここで、やってくれ。指紋が取れるかどうかだけでもいい」

興奮した様子で、内田警部補が急《せ》かした。モチダが犯人の名前でなくても、指紋が残っていれば即解決だった。

白い粉を振りかけて、ブラシでそれを慎重に掃く。プレートの表からも裏からも、極めて鮮明な指の形が現われた。ただ、残されている指紋はそれだけで、他には全くない。磨いてあった金属片を、誰かが触った状態のようだった。

「こりゃ駄目だ。おそらく、被害者のものだろう」

残念そうに、内田警部補は首を振った。被害者がそれを手にしたときに付着した指紋に違いなかった。

「そう都合よくはいかないでしょう。自分の指紋がついていれば、拾うのを諦《あきら》めるはずがないですからね」

そして、大槻警部は鑑識課員に礼を述べると、被害者の指紋と照合するよう頼んだ。ごみ箱の中身も調べるように言うことを忘れなかった。

プレートが隙間《すきま》に落ちていたのは、被害者が放り投げたからだろう。そうでなければ、丸くもない金属が、机と壁の間に入るはずがない。とすれば、プレートの指紋は被害者のものに違いなかった。他に何の痕跡《こんせき》もないという事実は、犯人がそれを事前に拭《ぬぐ》っておいたことを示唆していた。

角の部分が貼《は》ってあった紙を突き破り、中に落ちてしまったのだろう。犯人は仕方なくその紙を剝《は》がし、プレートを取ろうと努力した。しかし、いくらやっても無駄で、結局、回収することを諦めた。現場に残された数々の証拠からは、そう考えるのが一番筋が通っていた。

「こんな道具では、あのプレートを拾うのは無理だったでしょうな。ガムテープでくっつけるか、針金をこの孔に引っ掛けるかしないと」

指紋の照合に回される金属片を見ながら、内田警部補が言った。

「ええ。ただ、そのおかげで、大きな手掛かりになりそうですが」

大槻警部は軽くうなずいた。

「全く。事情聴取で訊《き》きたいことが、山ほどでてきました」

「その通りですね。しかし、関係者から話を聞く前に、望月さんの所見を伺いましょう。どうもお待ちの御様子です」

現場検証を進めている間に、望月検死官は死体の検分を済ませているようだった。死体の傍《かたわ》らに立って、腕を組み、周りを見回していた。

「死因や死亡推定時刻など、だいたいのところを教えていただけますか」

軽く頭を下げながら、大槻警部はそう切りだした。矢野はしゃがみ込んで、無残な死体に目を据えた。

ベッドを背にするように倒れた被害者は、ロープで首を絞められていた。幾重にも巻かれたそれは、頸部《けいぶ》の後ろでしっかり結ばれている。団子結びにしてあるのではなく、もやい結びで留めてあった。ロープに詳しい矢野は、一目でその結び方が分かった。

「御覧の通り、頸部圧迫による窒息死です。チアノーゼや目に溢血《いっけつ》点が認められることなどから、絞死であることは、まず間違いありません」

「なるほど。死亡推定時刻はどうです？」

「こちらは解剖の結果、正確にお伝えしますが、死後十時間から十二時間の間、といったところですか」

「つまり、真夜中の十二時から二時ということですね」

「そうなりますか」

「他に、何かお気付きの点はありますか」

「そうですね。被害者は催眠剤か鎮静剤を、服用させられていた形跡があります。これも解剖してみないと、はっきりとは言えませんが」

「睡眠薬の類《たぐい》ですか」

そう言うと、大槻警部は机の上に置かれた水筒とその蓋《ふた》の方を見た。銀色に黒のベルトがついた保温式のもののようだった。

その中身を確かめるために、矢野は立ち上がった。お茶のような色はしているが、少し違うような気もする。見た目と匂《にお》いだけでは全く分からない。もっとも、飲んでみたところで、判断できる自信はなかった。

「鑑識に回して、液体の分析を頼んでください。水筒の中身も、蓋の中身も、両方とも、お願いします」

「ああ、鑑識に頼むのなら、このロープも一緒にしてくれ。何か染みがついている」

死体を調べていた内田警部補が、後を追いかけて言った。鑑識課に分析を依頼することの、やたら多い事件だった。

「それじゃ、私はこれで。詳しくは解剖の鑑定書で」

いつもの言葉とともに、脇《わき》にあった鞄《かばん》を取り上げた。軽く手を挙げると、望月検死官は立ち去っていった。

「水筒は、被害者の持ち物でしょうか？」

重要な証拠を鑑識に頼むと、矢野は抱いていた疑問を口にした。

「おそらく、そうでしょう。指紋を検出すれば、すぐ分かりますよ」

穏やかな口調で、大槻警部が答えた。事情聴取で尋ねても、簡単に答えの出る疑問だった。

持ち物などを探っていたが、やがて、内田警部補も立ち上がった。めぼしいものは何も見つからなかったようだった。

「死体が語ってくれることは、あまりありませんでしたな。今度は、生きている人間に語ってもらいますか」

内田警部補の言葉に、大槻警部は頬笑《ほほえ》みを浮かべた。小さくうなずきながら、力強い響きの声で言った。

「ええ、関係者の話を聞きましょう。事情聴取に向かいましょうか」

†

「横山さんの水筒には、どくだみ茶が入っていたのですが、蓋の方には同じどくだみ茶でも、水筒の中身と違うものが注がれていたのですよ。しかも、そこには睡眠薬が混入されていましてね」

型通りの質問が済むと、大槻警部が分析の結果を交えて話し始めた。喋《しゃべ》り方は穏やかだったが、その方が圧力を感じることを、長谷川は長い経験から学んでいた。

「水筒は一つしか見つかっていませんので、蓋の中の液体はどこから来たのか、調べているのですよ」

「いや、ぼくらは知りません。しかし、その中身はどちらも、どくだみ茶だったのでしょう？」

「ええ、そうです。横山さんはアルコール依存症に悩まされていたため、どくだみ茶しか飲まなかったらしいですね」

認めるべきかどうか判断がつかず、長谷川はすぐに返事ができなかった。桜木と村上は既に話を終えていて、長谷川の順番は最後だった。

「その事実は、どのくらいの人が知っているのでしょう。長谷川さんは誰かに話しましたか?」

問い質すのではなく、あくまで柔らかい尋ね方だった。その隣からは、それとは対照的な厳しい視線で、内田警部補がこちらを睨《にら》んでいる。

横山は初めて打ち明けると言っていたが、それは本当のことだっただろう。外聞を憚《はばか》る病気だけに、親しい友達にもできれば秘密にしておきたいはずだ。長谷川もそんな余計なことを、人に喋ったりはしていない。春眠会の他の仲間にしても、それはおそらく同じことだろう。

「現場には、菜箸《さいばし》やはたきや棒状に巻かれた新聞などが置いてあり、非常に奇妙な状況でした。山荘の中の様子も、昨日と微妙に違っていたらしいですね」

首を振っただけで答えないでいると、大槻警部は全く違う話を始めた。

「ええ。台所用品の場所が動いていたり、冷蔵庫がいじくられていたり、新聞が失くなっていたり、いくつかおかしなことがあったのです」

「掃除機も、用具入れから出たままになっていたとか」

同意を求める口調に、長谷川は黙ってうなずいた。桜木と村上から一通りの話は聞いているに違いなかった。

「そういえば、掃除機の音を聞かれたと伺いましたが」

「はい。昨日の夜中に、あの耳障りな音を聞きました。時間ははっきりしませんが、掃除機だったのは間違いありません」

長谷川は力を込めて証言した。短い間だったが、騒々しい音がしたのは記憶に残っていた。

「状況から考えると、誰かが何かを探していたようです。現場には荒らされた跡がありましたし、台所や広間の様子からも、そのことが伺えます。問題はそれが誰の仕業だったのか、ということなのですが」

「ぼくらではありません。三人とも知らないので、横山さんが目を覚ましたら、尋ねるつもりでいたくらいです」

「ええ。ところがですね、実は横山さんでもないのですよ。菜箸にもはたきにも、指紋が全く残っていませんでしたから」

大槻警部はゆっくりとした調子で言った。そのおかげで、長谷川は話の意味するところが、よく理解できた。

「また、掃除機や折れ曲がったテレビのアンテナからも、横山さんの指紋は出てきませんでした。新聞紙からは少し採取されたのですが、これはおそらく読んだときのもので、巻くときに付着すると思われる指紋は検出されませんでした」

「それらはきれいに拭《ぬぐ》われていた、ということですか？」

「いえ、他の指紋や痕跡《こんせき》が消えているわけではありませんので、そうではないようです。現に、新聞紙には横山さんの指紋が残っていますからね」

「つまり、菜箸《さいばし》やはたきを集めた人間は、手袋をしていたということですか」

「ええ、そうです。そして、横山さんは手袋を持っていませんでしたし、はめる理由があるとも思えません。ですから、新聞を丸めたり、掃除機を使ったりした人物は、指紋を残したくない犯人だった、ということになります」

「なるほど」

感心する必要などないのだが、長谷川は思わずうなずいていた。事件の輪郭が早くも、明らかになりつつあるようだった。

「また、机と壁の隙間《すきま》に貼《は》ってあった紙、これはごみ箱に捨てられていましたが、そこからも横山さんの指紋は、一つも採取されませんでした。絆創膏《ばんそうこう》からも断片的に見つかっただけで、大部分は消えてしまっていました。つまり、これらを剝がしたのも犯人だったということになります」

横山の部屋でそれを見たことを、長谷川は言われて思い出した。紙は黄色く変色しており、くっついていたセロテープも崩れてぼろぼろになっていた。

「以上を整理しますとね、犯人は隙間に貼ってあった紙を剝《は》がし、横山さんの荷物を荒らし、部屋の中を調べて回り、テレビのアンテナや傘を曲げ、台所や広間まで出てきて、菜箸やはたきや新聞紙を持ち帰った、ということになります。その途中で、掃除機も試していますがね」

長谷川は首を捻《ひね》った。

「犯人はどうしてそんなこと？」

「あのプレートを回収するためです。壁と机の隙間から、小さな金属片が出てきたのは、既に御存知ですね」

持田の名前を彫ったプレートが、今頃見つかったと聞いて、長谷川は不思議に思っていた。あれは例の事故が起きたとき、湖の底に沈んだはずだった。

「おそらく、犯人は隙間に落ちた金属片を、できれば持ち帰りたかったのです。正体までは特定できないにしても、限定するための大きな手掛かりを与えてしまうことになりますからね」

考えてみれば、犯人の行動はプレートを拾うための手段で一貫していた。隙間に落ちてしまったので紙を剝がし、回収するための道具を探して、様々な場所を物色する。横山の鞄、部屋の中、広間やキッチン、そこに残っていた痕跡がそれだ。掃除機は管が太いのと、音が大きすぎるのとで、一度だけ試して止めたのだろう。細長いものが集められていたのも、傘やテレビのアンテナが折れ曲がっていたのも、新聞紙が棒状に丸められていたのも、それできれいに説明がつく。

「あれは、昔、みなさんで作られたキー・ホルダーの一部だったそうですね」

「え、ええ」

特別な意味はなかったのだが、かつて記念のキー・ホルダーを、春眠会で作ったことがあった。お揃《そろ》いのTシャツやマグ・カップを注文するのと同じことだった。小さな金属のプレートに、ローマ字で会の名前と各人の名前を彫り、それにリングをつけただけの簡単なものである。集まるたびに会員証のように見せ合ったりして、持田の事故が起きるまでは、遊びの小道具として使っていた。

「そこで、お尋ねしたいのですが、あのプレートの持ち主について、心当たりはありませんか?」

穏やかな口調を崩さず、大槻警部が尋ねてきた。その態度はとても紳士的で、礼儀正しく丁寧だった。

今までの話を聞く限りでは、プレートは犯人の遺留品であると、警察は考えているらしい。つまり、その持ち主というのは、横山を殺害した人物に他ならないのだ。

「それが、全く分からないんです。あのキー・ホルダーは事故のとき、持田さんが身に着けていて、それで失くなったと思い込んでいましたから」

長谷川は知っていることを正直に答えた。過去の事故についても、今回の事件についても、何一つ隠す必要はなかった。

「その辺りの事情を、もう少し詳しくお願いできますか」

「はい。持田さんが事故に遭《あ》ったとき、私たちは追悼の意味を込めて、全員のキー・ホルダーを集めて湖に流したのです。紙で作った小さな舟に乗せて」

「ほう。風流ですね」

「その頃はまだ若かったですから。今よりずっとナイーブだったのでしょう」

思い返してみると、長谷川は恥ずかしい気持ちになった。そんな感傷的なことは、もう高校生でさえしないだろう。

「みんなその案に賛成して、自分の分を出しました。あれを本当にキー・ホルダーとして使っている人もいませんでしたしね。それで、持田さんのも探したのですが、そのとき見つからなかったのです」

「持ってこられていたのは、間違いないのですね？」

「ええ。みんな見ていましたから。鞄《かばん》の中なども身内の人に調べてもらったのですが、やはりありません。それで、ずっと身に着けていたのだろうということになって、持田さんのキー・ホルダーは除いて、六人の分を流したのです」

「なるほど。しかし、実際に出てきたところをみると、誰かがこっそり持っていたということになりませんか」

大槻警部の巧みな誘導尋問に、長谷川は返事をしなかった。紳士的な態度はやはり曲者《くせもの》だった。

肯定的な答えをすれば、それは犯人が春眠会の中にいることを認めることになる。プレートを持っていた人間こそが、横山を殺害した人物なのだから。

「同じものが二つ以上あるのかね？」

黙っていると、内田警部補が質問を繰りだしてきた。その目の鋭さは、獲物を狙《ねら》う肉食獣を連想させた。

「いや……」

「こんなものにスペアはないだろう」

「ええ」

「この事件に備えて、同じものを用意しておくことも考えにくい」

「まあ……」

「ということは、隙間から見つかったプレートは、持田公彦の持ち物だったことになる。作ったところに問い合わせれば、それが確認できるかもしれない」

それは脅しに違いなかった。あのキー・ホルダーは、二十年以上も前に作ったものだ。店が続いているか怪しいし、製作した人が生きているかどうかも分からない。たとえ辿《たど》り着けたとしても、特別でもないものを作ったことを覚えているだろうか。

「つまり、犯人は事故が起きたとき、持田からプレートを預かっていたか、こっそり荷物から抜き取っていたか、どちらかということになる」

「どうしてそんなことをするんですか？　紙の舟に入れて流すため、みんな探していたんですよ」

「さてね。形見にしようと思ったのかもしれない」

内田警部補の追及は、非情で容赦がなかった。

「しかし、そのプレートが犯人の持ち物だったと、どうして分かるんですか？　横山さんのものかもしれないでしょう」

　あり得ないことと知りつつ、長谷川は抵抗を試みた。持田の名前に拒否反応を示す横山が、その名前の入ったプレートを持っている可能性など、ないに等しかった。

「間違いなくそうだと言えるわけではありません。犯人が回収しようと努力していた涙ぐましい痕跡《こんせき》と、金属片に残されていた指紋から、そう判断するのが妥当なだけです」

　威圧的な内田警部補に代わって、大槻警部が返事をした。

「指紋？」

「ええ。隙間《すきま》に落ちていたプレートから、採取された鮮明な指紋が、横山さんのものと一致したのですよ。きれいに拭《ぬぐ》われた後に残されていた唯一の指紋なのですが」

　それが何を意味するのか、長谷川にはよく分からなかった。尋問の時間が長くて、頭が回らなくなってきていた。

「プレートが何故あんな場所に入ったのか、考えてみてください。あの隙間には物が落ちないよう紙が貼ってあったのですよ。日に焼けて、弱くなっていたとはいえ、これまでは大丈夫だったのです。机と壁の間からは、プレートしか出てきませんでしたからね」

　言われてみれば、不思議な話だった。紙が貼ってあれば、転がるものでも落ちないで済むだろう。

「ですから、犯人が過失で落としたようには思いにくいのです。普通に扱っていれば、入るはずがないですからね。また、鮮明な指紋の状態も、そのことを裏付けています。あの小さな金属片を持つのに、指の跡が重ならないことなどまず考えられません。横山さんがプレートを触った後、犯人がもう一度受け取ったのなら、その指紋を乱してしまうはずなのです」

「プレートを最後に触ったのは、横山さんだということですか」

「ええ。ということは、横山さんがわざと隙間に落としたか、放り投げた拍子に入ってしまったか、それくらいしか考えられないのです。机の周りの指紋のつき方から、後者の説が有力なのですが」

横山はあの事故の影響で、アルコール依存症になったほどだから、持田の名前など見たくもないだろう。プレートを放り出したとしても、決しておかしくはない。

「しかし、自分の持ち物なら、何故そんなことをしなくてはならないのでしょう。プレートをきれいに磨いてから、空中に投げ上げる合理的な理由があるとは思えません。まして や、それを犯人が拾わなくてはならない事情など、あるでしょうか。ですから、あの金属片は犯人の所持品だったのです」

大槻警部は自信を持っているようだった。プレートが犯人の遺留品であることは、もはや間違いのない事実だった。

「そんなわけで、持田さんの事故以降の、プレートの行方について教えていただきたいのです。これは今回の事件の動機ともつながってくると思いますので」

犯人がそのキー・ホルダーを今までずっと隠し持っていたとすれば、持田との間に深い関係のあったことが予想される。少なくとも犯人の方に、特別な感情があったことは間違いないだろう。それが今頃になって動機になるのか、長谷川にはよく分からない。ただ、横山は山下とともに、あのときの事故の当事者だった。

「どうですか。何か思い当たることはありませんか？」

「いや……とにかく、十数年前の話ですからね」

長谷川は首を振った。

「事故の前後でなくても結構です。あのプレートを誰かが持っているのを、見たことはないですか」

「持田さんの事故以来、あまり顔を合わせませんでしたから。せいぜい、同期会で会うくらいで」

そう言った途端、長谷川は同期会で事故に関する噂《うわさ》を聞いたことを思い出した。あのときは本気にしなかったが、こうして事件が起きてみると、事実なのかという気がした。

「何か思い出しましたか」

「いや、プレートとは関係ないんですが、持田さんの事故のことで……」

言おうか言うまいか迷って、長谷川は語尾を濁した。噂について話すのは死者を鞭打《むちう》つようで、気が進まなかった。

「どうぞ。どんな関連があるか分かりませんからね」

「ええ、同期会で聞いたときには、真剣に受け止めていなかったのですが……」

長谷川はためらいながら切りだした。尋問を待つとき聴いていたラジオを、ポケットの中でいじくった。

「持田さんの事故はあの通りではなかったというのです。生きて戻ってきた二人がでっちあげた作り話だったと」

「ほう」

感嘆の声を上げてみせたが、大槻警部の顔は驚いていなかった。同期会に出席していた村上から、既に聞いているのかもしれなかった。

「もちろん、山下さんと横山さんが殺人を犯したという意味じゃないんです。事故は事故だったんでしょうが、本当は助けられる持田さんを、わざと見殺しにしたんじゃないか、という噂だったんです」

「実質的には、それは殺人のように思いますが」

「……そうですね。だから、本気にはしなかったのです」

「すみません。話の腰を折りました。どうぞ続けてください」

「はい。それで、二人はオールを取りに湖へ飛び込んだ持田さんが、水の冷たさで心臓麻《ま》痺《ひ》を起こしたように説明していたのですが、実はそうではなかったというのです。持田さんはまだ生きていたのに、ボートが転覆するのが怖くて、引き上げなかったということなのです」

「まことしやかな噂ですね」

「ええ。当時、持田さんは局内で危険分子のように見られていましてね。職制からも組合からも疎んじられる存在だったのです。ただ単に、正義感が強くて、曲がったことが嫌いな性格だっただけなんですが、組織というのは、様々な矛盾を多く抱え込んでいるところでしょう」

「役所は特にそうでしょうね」

「あの頃、持田さんは同和行政に携わっていて、役所のずるさみたいなものに直面していたみたいです。それで、職制に対しても組合に対しても改善を要求していたわけですが、それが両方から煙たがられる原因になっていたのです」

「管理職側はともかく、組合もというのは解《げ》せませんね」

「私が言うのも何ですが、労使協調路線になってからは、組合は個人の意見よりも、職制の話をよく聞いてくれるのです。筋を通して事を起こすより、無力な個人を抑えた方が賢いのですよ。組合で活動するのは、後に管理職になるためですからね。職制に逆らうと損なのです」

山下などはこれをうまく利用して、出世の階段を駆け上がっていった。これに納得できなかった長谷川は、本庁に行くこともなく、いまだに区役所の課長にすぎない。

「確かに、組合の事情に通じていた方が、団体交渉などで有利でしょうね」

「ええ。だから、馴れ合いになるのですが、当時、横山さんは人事の中枢におり、山下さんは組合で活躍していました。二人に持田さんを殺すほどの動機はありませんが、もし死んでくれるのなら、それを望んだはずなのです。どちらも大きな得点を稼ぐことになりますからね」

職制も組合も動く気がないのなら、実態をマスコミに流して、外圧で改善させると息巻いていた。大手新聞社などは知っていて、公表していないだけだと、長谷川は止めたのだが、持田は聞く耳を持たなかった。

「ボートから突き落としはしないにしても、オールを取りに飛び込んだなら、引き上げることはしなかっただろう、と。持田さんを見殺しにしても、決して不思議ではないということですか」

「そういうことです」

「なるほど。その噂の真偽のほどはともかくとして、持田さんにある種の感情を抱いていた人にとっては、穏やかではなかったでしょうね」

「ええ、おそらく」

長谷川はうなずきながら、ある種の感情という言葉に引っ掛かりを覚えた。キー・ホルダーのことを考えれば、男女の恋愛以外に考えられない。ただ、事件当時、村上はもう結婚していたし、尾羽は知り合った頃から既婚者だった。とすれば、男女ではなく、桜木が持田と……。

そこまで考えて、長谷川は桜木が役所を辞めるきっかけとなった事件を思い出した。詳しくは知らなかったが、係の旅行で失態を演じたと聞いた。桜木にとっては極めて不名誉なことだったという。春眠会の中では、一度も感じたことはなかったが、もしかしたらその気があったのだろうか。

「長谷川さん、どうもお手数をお掛けしました。最後にもう一つだけ、尋ねさせてもらってもよろしいですか」

独り考えに耽《ふけ》っていると、大槻警部の言葉が聞こえてきた。長かった尋問も、やっと終わりが見えてきたようだった。

「長谷川さんはここへ、自動車で来られたそうですね。さて、その車の中にはどんなものを入れておられますか」

思いがけない質問だった。事件にどんな関連があるのか、長谷川には想像がつかなかった。

「車の中ですか。そうですね、トランクはいつも空にするよう心掛けていますので、ほとんど何もないですね。ティッシュくらいのものですか」

「工具入れの類はどうです？」

「いや、機械が苦手でしてね。ここへ来る運転も桜木さんに頼むくらいですから。本当はあまり車を使わないのですよ」

「なるほど。ところで、釣りやゴルフはなさいますか？」

「いえ。この体型ではアウトドアは、向いていませんので」

「ということは、キャンプや登山も？」

「とんでもない」

「分かりました」

そう言うと、大槻警部は深くうなずいて、手帳らしきものを閉じた。そして、他に訊《き》きたいことは、というように横を向いたが、内田警部補も軽く首を振った。

「これで結構です。どうもありがとうございました」

その言葉に送られて、長谷川は尋問の席を立った。警察も全員の事情聴取を終えて、引き上げるつもりのようだった。

腕時計に目を落とすと、もう五時になっている。長谷川は自分の部屋ではなく、階段を降りて広間に向かった。

「また、体調が悪くなって、早退したの。仕方ないわね」

電話口で村上がため息をついていた。何か特別なことがなかったか、職場に確認しているのだろう。地声が大きいので、聞くつもりがなくても、自然と耳に入ってくる。部下に対するときの口調は、やはり管理職のそれだった。

広間では疲れた顔をして、桜木がテレビのニュースを見ていた。行楽シーズンの三連休に、どのくらいの人出があったかを、レポーターらしき若い女性が、賑《にぎ》やかに報告している。

「そうか。今日で三連休が終わりなのか」

曜日の感覚のなさそうな桜木が、感心したように言った。長い休みを取っている長谷川にも、三連休だった実感はなかった。

余裕のある職場にいても、長期の休暇は普通はもらえない。それを実現させる趣旨できたのが、リフレッシュ休暇という制度だった。勤続二十五年で、五日間連続の休日を取ることができる。今回の旅行は、それを利用して来ている者が多かった。

頼んであった買い物が届いていたので、長谷川はそれをキッチンへ運んだ。ひとまず冷蔵庫に入れて、中央のテーブルに腰を落ち着けると、村上が電話から戻ってきた。

会話もないまま、お互いに微妙な距離を取りながら坐《すわ》る。重苦しい空気があたりに漂っていた。

「私もマネージャーに電話しておこう」

テレビの音だけが流れる中、桜木が唐突に席を立った。張り詰めた緊張感から、逃れるための口実に見えた。

とはいえ、こういう事態なのだから、確かに連絡も必要だろう。俳優の仕事を休業していても、マスコミの人間が興味を示さないとは思えなかった。桜木だと分かった途端に、しつこく追い掛け回すだろう。殺人事件に巻き込まれることが、却《かえ》って話題になる世界なのだ。

そういえば、桜木の付き人は女性だった。芸能界の事情は知らないが、俳優のマネージャーは男性が普通ではないのだろうか。女性タレントに男性が付くのはときどき見かけるが、男優に女性だと間違いが起きないとも限らないだろう。それとも、桜木の場合には、男の方が危ないということなのか。

やがて、警察が降りてきて、挨拶《あいさつ》をすると引き上げていった。現場となった部屋への立ち入りを禁止しただけで、山荘への出入りに関しては何とも言わなかった。報道関係者は、警察から話を聞きたいのだろう、まだ外をうろついている。中に入ってこないだけましといった風情だった。

村上の感情が高ぶっているのが、横で見ていても分かった。眼鏡の位置をしきりに直していた。

桜木はマスコミ対策か、しつこく電話を続けていた。その女性的で魅力のある容貌《ようぼう》を、長谷川はもうまともに見ることができなかった。

中入り

第三章を読み終えて、桜木はさらにため息をついた。この忌々しい原稿が、欠落した記憶を取り戻す役に立つとは、もはや全く期待していなかった。

今回も、第一章、第二章と同じだった。原稿を読むだけでは、事実確認は行なえないようがなかった。細かいところに関しては合致しているが、事件の部分については分からない。実話と判断する材料もないし、創作と決めつける手掛かりもなかった。

もっとも、男色家の件に関しては、まるで事実ではなかった。旅行中の失態が原因で、役所を辞めたのは確かだが、桜木には男を好む趣味などなかった。

「まいったな」

窓の外に目を遣《や》ると、ふと独り言が口をついて出た。ここまで読み終えても判断がつかず、桜木はまだ迷っていた。

原稿はあと、幕間《まくあい》と称した短い部分と、終章と銘打たれた解決編が、残っているにすぎなかった。答えを示される前に、相談するかどうかの結論を、出した方がいいように思えた。

桜木は冬枯れの景色を見ながら、多根井の横顔を思い浮かべていた。爽《さわ》やかな風を連想させる頰笑みが印象的な男だった。

俳優業だけでなく、エッセイなども書く桜木は、多根井とは出版社のパーティーで初めて会った。小説家だと紹介されても、その若さに最初は信じられなかった。どこに惹《ひ》かれたのかは、今もよく分からないでいる。透明感のあるやさしい顔立ちに、自分の青年時代の面影を重ねていたのかもしれなかった。

推理小説を書いているというだけあって、確かに突飛な発想の持ち主だった。だが、しばらく話をしてみると、頭の切れる男であることも分かった。

記憶力、洞察力は人並み以上だった。論理的思考力もそう悪くはなかった。しかし、一番すぐれているのは、わずかな違和感に気付く能力だった。直観というのか、物事の本質を見ることのできる目を持っているようだった。

「彼に頼るしかないのか」

ため息とともに、桜木はまた独り言をつぶやいた。長い分量を読んできて、このうえない疲れを覚えていた。

事件が起きてから今日まで、警察が訪ねて来ない以上、自分が犯人であるはずがなかった。この手に殺人の感触が残っていようと、それには何か合理的な説明がつけられるに違いなかった。

自分が犯人でないのなら、この原稿は送り主の創作であり、恐ろしい罠《わな》なのだろう。桜木に罪を着せるための細工が施してあるに違いなかった。

だが、独りの力で解明するには、もはや限界に達していた。桜木自身の手でそれを見破ることができるようには、とても思えなかった。このまま解決編を読むと、自分が犯人であることを認めてしまいそうな気がする。相手の巡らせた策略に、まんまと落ちてしまう予感があった。

しかし、多根井になら、その仕掛けが分かるかもしれない。この原稿の不自然な部分に気付き、送り主の用意した陥穽《かんせい》を見破ってくれるかもしれなかった。

それに、事実かどうか確認するには、多根井に頼むより方法はなかった。いろいろと考えてはみたが、他に可能な手段はないように思えた。多根井は様々な事件を通じて、大槻警部と既知の仲らしい。原稿に書かれた細かな部分まで、確かめてもらうことができるだろう。

ただ……。

桜木は誰かに打ち明けたい気持ちに傾きながら、その一方で他人に秘密を知られる怖さを感じていた。自分だけではもたないと思いながらも、人に相談するのはやはり恐ろしかった。

こういう話の場合、年の離れた相手の方が気楽に言えることがある。年上に対する遠慮から、必要以上に深く尋ねてこないと、安心していられるからだ。

それに、多根井の口の固さについては、信用することができた。能弁なタイプではあったが、喋《しゃべ》らないよう頼んだことは、絶対外に洩《も》らさなかった。

しかし、それでも桜木は心の中の不安を、消し去ることができなかった。自分の身を他人に任せるのは、非常に勇気のいることだった。

「ただいま」

そのとき、遠く玄関の方で、須美乃の明るい声が聞こえた。夕飯の買い物から帰ってきたようだった。

須美乃に話したら、そう思った瞬間、桜木は頭を振り、その考えを即座に打ち消した。今、一番心配させたくない相手だった。

まるでサーカスの空中ブランコのように、気持ちは大きく揺れていた。胸の内に迷いを抱えたまま、桜木は幕間《まくあい》を読み始めた。

幕間

桜木は、その感触を楽しみながら、何度も手のものを握り締めた。白く、柔らかく、扱いやすそうなロープだった。

目の前には、ベッドを背にして犠牲者が坐っている。もう目を閉じて、抵抗のそぶりさえ見せていなかった。

この山荘では、一昨日、昨日と続けて殺人事件が起こっている。この女が縊《くび》り殺されれば、連続で三つの絞殺死体が発見されることになるだろう。

左手にゆっくりと巻きつけてから、一度絞るように引っ張る。真っ白なロープには、蝙《こう》蝠《もり》のような形をした染みが、黒く浮きだしていた。

手に伝わる振動に、桜木は電流の痺《しび》れに似たものを覚えた。それはほとんど快感と呼んでもいいほどの感覚だった。

女はまるで死んだように、ほとんど動かなかった。胸がわずかに上下することから、生きていることが分かるだけだった。

反《そ》り返った女の喉《のど》が、白く輝いている。その眩《まぶ》しいような首に、桜木は着実にロープを巻きつけていった。

長さは十分にあった。二重、三重と巻いても、まだまだ余裕が感じられた。

交わりの最中に、首を絞められて喜ぶ女がいる話は聞いたことがある。しかし、男の方にも快感があることを、桜木は今、実感することができた。

ロープを右手に巻きつけるとき、女の身体が少しだけ動いた。紅潮した頬《ほお》やわずかに開いた唇が、どこか艶《なまめ》かしい感じがした。

両手に力を加えると、心地よい衝撃が伝わってきた。何か弾《はじ》けるような、強い感覚だった。女はその一瞬、息を吐き、声にならない奇妙な音を洩らした。顔は徐々に赤黒く鬱血《うっけつ》し、閉じていた目をかっと見開いた。

桜木はさらに力を入れて、その首を締めつけた。腕に感じていた振動は、もう身体全体に広がっていた。

白かった女の喉元には、深くロープが食い込んでいる。目は真っ赤に充血し、今にも飛び出しそうだった。口からはよだれが垂れ、まるで蛇のように舌が踊り回っていた。さすがに女は抵抗を始めたが、男の力にかなうはずもなかった。

この世のものとは思われない感覚に包まれながら、桜木は女の首を絞め続けた。身体が震えているのは、自分の興奮のためか、相手の断末魔の苦しみのためか、よく分からなかった。

すぐに、女の抵抗は終わり、動かなくなった。手に伝わっていた衝撃と振動が小さくなり、やがて止まった。

行為を終えた後の充足感が、桜木の身体を満たしていた。しばらくの間、そのままじっとしていたかった。
静かな時間が流れていった。桜木の呼吸の音だけが、微かに聞こえていた。

中入り

短い幕間《まくあい》の部分を読んで、桜木は恐怖に身震いした。背中からいきなり冷水を浴びせ掛けられた気持ちだった。

これは、桜木が悩まされている、忌まわしい悪夢のリプレイだった。手に残っている感触と、目に焼きついている光景が、寸分の狂いもなく再現されていた。

「そんな……」

握り締めていた原稿を放り出し、桜木は両手で頭を覆った。目を閉じ、息を止めて、冷静になるよう自分に言い聞かせた。

記憶に残っている光景である以上、これまでが創作だと、逃げを打つわけにはいかなかった。この部分に関しては、現実にあったことだった。ならば、今まで書かれてあった事柄も、全て本当にあったことなのだろうか。この原稿は、実際に起きた事件を忠実に描いたものだというのだろうか。

もちろん、一部分が事実だからといって、全部がそうだとは限らないだろう。細部を一致させることで、全体もそうと思わせる手法は、昔からあるやり方だ。

しかし、幕間に描かれていた場面は、桜木にとってあまりに衝撃的だった。書かれたことを全てを真実と、信じ込ませるだけの力があった。

桜木はもう確かめないではいられなくなった。直前まで感じていた迷いなど、どこかへ飛んでしまい、早く多根井に連絡したいと感じた。

原稿をまとめると、桜木はそれを持って書斎を出た。電話はいつも食事をする部屋に置いてあった。

慌ただしく住所録を繰り、多根井の家の番号を探す。ペンネームではなく、本名の方で載せておいた記憶があった。

「どうしたんですか、先生」

驚いた顔で須美乃が尋ねてきたが、桜木は構っていられなかった。ダイヤルを回すのももどかしい思いで、多根井の自宅に電話を掛けた。

呼び出し音が五回鳴って、多根井の声が聞こえてきた。しかし、それは留守番電話に録音された応答のものだった。

「旅行中か」

桜木は受話器を叩《たた》きつけながら言った。直接話をするならともかく、メッセージとして残せるような内容ではなかった。

難しい名前のシンポジウムに参加すると、テープは説明していた。おそらくは奇術の大会だろう。

先日会ったときも、重箱やら唐辛子やら、狸のような動物やらが描かれた、奇妙な表紙の雑誌を多根井は持っていた。桜木が尋ねると、『掌』という手品の小冊子であると答えていた。奇術師ばかりが登場する事件に、かつて大槻警部とともに関わったことがあったのだという。それ以来、その不思議の世界にのめり込んでいったと多根井は説明していた。

肩の力を抜くと、桜木は大きく息を吐き出した。ふと、目を上げると、声を掛けてよいか迷ったような顔で、須美乃がこちらを見つめていた。

夕食の用意をしていたのだろう、淡い色のエプロンを身に着けている。台所には鍋《なべ》の材料か、白菜やら春菊などの野菜が、刻まれて置いてあった。

興奮が冷めてくると、桜木は身体が痒《かゆ》いことに気が付いた。住所録のリングが、手の甲に当たったままになっていた。

桜木は金属に対して過敏症で、掌以外の場所に金属が接触し続けると、アレルギーのようにじんましんを起こしてしまう。そのせいで、ブレスレットなどの装飾品はもちろん、腕時計すらはめることをしなかった。

「ああ。すまないが、これをコピーしてくれないか？」

そう言うと、桜木は脇《わき》に置いていた原稿の束を須美乃に差し出した。コピーの機械は、また別の部屋に置いてあった。

「今すぐですね」

須美乃はエプロンの裾《すそ》で手を拭《ふ》き、素直に原稿を受け取った。夕食の支度の最中でも、嫌な顔一つ見せなかった。

「急にすまない。書斎で待っているから、お願いするよ」

「はい、先生」

書いてある内容を見ようともせず、須美乃はコピーをとりにいった。余計なことも聞かないで、こちらの意図だけを汲《く》もうとしてくれている。理想的な秘書のようだった。何年も担当しているマネージャーより、ずっと有能で優秀だった。

桜木は原稿をそのまま多根井に読んでもらうことを考えていた。そのうえで、事件に関する部分が、事実に沿っているかどうかの確認を依頼するつもりだった。

郵便で送るのが、最も確実な連絡方法に思えた。桜木は書斎に戻ると、事情を説明した手紙を書き始めた。

読者への挑戦

古典的なミステリを読むとき、誰が犯人なのか考えてみるのは、楽しみの一つです。数々の罠《わな》や仕掛けを見破ってやろう、そう意気込む人もいると思います。

そこで、そんな好事家のために、ここで読者への挑戦を挿入します。この連続殺人の犯人は誰でしょうか。

挑戦などと大それた文句を使ってはいますが、本当はここでお知らせしたいだけです。犯人を決定するのに必要な手掛かりが、全て提出されたことを。論理的に結論を導きだすことが、この段階で可能になったことを。

では、論理的推測と心理的観察によって、犯人を考えてみてください。御健闘を祈ります。

依井貴裕

後編　過去も未来も

終章　解決編

静かな雨が、街並を黒く濡《ぬ》らしていた。暗くなりつつある空で、銀線が街灯の周りだけ淡く浮かび上がって見えた。

同じ姿勢のまま、大槻警部は窓の外を見下ろしていた。何か考えているようで、声を掛けづらい雰囲気があった。内田警部補もそれに付き合うように、自分の席でじっと坐《すわ》っている。こういう状況に慣れているのかもしれなかった。

外の景色にも飽きて、矢野はコーヒーを淹《い》れることにした。給湯器の横に機械があり、いつでも飲めるようになっていた。

大きなサーバーに入れて、保温してあるだけだから、コーヒーとは名ばかりのものだ。味も香りもなく、ただ単に煮詰まった苦い飲み物にすぎなかった。

「おれにも頼む」

内田警部補が軽く手を上げて言った。うまくはなくても、飲むのが半ば習慣のようになっていた。

矢野はコーヒーを沸かし直したりすることなく、そのままカップに注いだ。大槻警部の分もついでに用意した。この濃さだと、ブラックではとても飲めないだろう。矢野は冷蔵庫からミルクを出すと、四角い盆の上に載せた。

「分かったような気がします」

砂糖とスプーンを探していたときに、その声が聞こえてきた。大槻警部は外を見るのを止めて、こちらに向き直っていた。

「やはり」

その言葉を予期していたように、内田警部補がうなずいて言った。二人の間ではこういうやり取りが、過去に何度もあったようだった。

「雨の街を眺めながら、三つの殺人事件について、整理していたのですよ。そうすると、おのずと見えてきたことがありましてね」

大槻警部は机に手をつくと、その縁に身体を預けた。何が分かったのかはともかく、その動作は長い話になることを、暗に示していた。

「今までの話と重なる部分はあると思うのですが、そこは辛抱してください。聞いてもらえますか」

「ええ」

わずかに緊張した顔で、内田警部補が素直にうなずいた。矢野は砂糖とスプーンを探すと、慌ててコーヒーを持っていった。

「まず、三つの殺人事件が、同一犯人によるものであることから始めたいと思います。その後の論を展開させるのに、これが前提となりますのでね」

前置きをしながら、大槻警部は盆からカップを取った。ミルクを入れると、スプーンでゆっくりと掻《か》き混ぜた。

「犯行が同一人物の手によるものであることの根拠は、主に五つほどありました。一つめは、どの事件でも睡眠薬を飲ませた後、ロープによる絞殺という、同じ殺害方法を採っているということ。二つめは、被害者の首の後ろで留められていたロープの結び方が、全てもやい結びだったということ。三つめは、凶器として用いられたロープの銘柄が同じだったということ。四つめは、ロープに付着していた染みの成分が、完全に一致したということ。最後に、使用された睡眠薬の種類が、どの事件も同じだったということ。以上五点でした」

そもそも、旅行中の同じ場所で、同期が連続して殺されるということ自体、同一犯人の仕業であることを示唆していた。また、ロープの切り口が一致することも、有力な根拠の一つだった。

「殺害の手口については、自殺に偽装したものもあり、あまり説得力はないのですが、凶器であるロープや睡眠薬の種類が、三つの事件に共通していることは、やはり大きな意味を持ちます。特に、それを補強すると思われる結び目の形や染みの成分は、便乗犯の可能性まで否定してしまいます。個々の事項についての考察は、既に済ましていますので、これ以上は繰り返しませんが、三つの事件にこれだけの共通項があるということは、同一犯人による連続殺人であると考えて間違いないと思います」

前提を軽く済ませて、大槻警部は初めてコーヒーを啜《すす》った。ミルクを入れても苦かったようで、飲んで顔を顰《しか》めていた。

「次に、事件に関係のない部外者を除去したいと思います。いわゆる円を閉じる作業ですね。こちらの方は主に三つあります。条件によって微妙に違いますが、犯人はほぼ春眠会のメンバーの中にいることになります」

円を閉じる、それは大槻警部のよく使う表現だった。容疑者の範囲をある枠内に限定するという意味なのだが、具体的にイメージしやすい言葉だった。

「どれも論理的には完全ではないのですが、一つめは、被害者が真夜中に自分の割り当てられた部屋で死んでいたこと。二つめは、殺害現場に持田公彦のプレートが落ちていたこと。三つめは、犯人がどくだみ茶を睡眠薬に混入しておいたこと。以上三点です」

容疑者を限定する根拠の項目を、大槻警部は先に掲げた。こちらも、だいたい今まで議論されてきた手掛かりだった。

「死亡推定時刻は、どの被害者も午前零時から二時の間で、死体が移動させられていた形跡は見つかりませんでした。犯行現場は山荘のそれぞれに割り当てられた部屋だったわけです。すると、犯人は真夜中に被害者と一緒の部屋にいたことになりますが、睡眠薬入りの飲み物を勧めたりしていることから明白なように、凶行時まで両者は和やかに話をしていたはずです。今回の旅行の参加者以外に、そんなことのできる人がいるでしょうか」

内田警部補は黙ったまま首を横に振った。問題を常に現実のものとして捉《とら》えるタイプだったから、これだけで十分と考えているようだった。

「来る予定もなかった人間が、夜中にいきなり訪ねてきても、部屋に招き入れてもらえるとは、あまり思えません。それも、一回ならともかく、三回はいくらなんでも無理でしょう。被害者が逆に、外から誰かを連れてきていた可能性はありますが、これも一人くらいならともかく、三人ともがそんなことをしていたとは考えられません。やはり、あのとき山荘にいた者、もしくは、遅れて参加する予定だった者の中に犯人がいると考えるのが、正しいと思います」

矢野にも反論するつもりはなかった。可能性ならいろいろ考えられるが、そのどれも心理的に無理があった。

「つまり、犯人は桜木和己、村上美恵子、長谷川知之、尾羽麻美、山下健二、横山典子、尾羽満の七人の中にいることになります」

そう言うと、一息つくように、大槻警部はコーヒーに口をつけた。苦さに慣れたのか、今度は顔を顰めたりはしなかった。

「次に、プレートの件に移りましょう。あの金属片は以前作られたキー・ホルダーの一部で、もともとは事故で亡くなった持田公彦の持ち物でした。プレートもその事故のときに失くなったはずだったのですが、何故か現場に落ちていたのでしたね」

事情聴取から得た情報を、矢野は思い返した。キー・ホルダーを作った経緯や、それが失くなった経過を、桜木、村上、長谷川の三人がそれぞれ語ってくれた。

「プレートが犯人の遺留品であることは、採取された指紋の状態と、現場に残されていた様々な痕跡《こんせき》から、ほぼ間違いありません。あの不可解ともいえる状況を、犯人がプレートを回収しようとした、という解釈以外で説明することは無理に思えますし、横山典子のアルコール依存症の原因が持田の事故にあることを考慮すると、あのプレートが横山の持ち物であった可能性はまずないでしょう」

休職までしたという横山の病気は、過去の心の傷が原因だった。持田を見殺しにした事実が、酒に溺《おぼ》れる元凶だったのだから、それを思い起こさせるキー・ホルダーなど見たくもなかっただろう。名前を聞くだけでも横山は嫌がっていたというのに、事故を象徴するような品物を隠し持っていたとは、とても考えられなかった。

「つまり、持田のプレートは犯人の落とし物だったわけですが、それは以前の事故のときに、直接預かっていたか、荷物から事前に持ち去っておいたか、そのどちらかしか考えられません。そして、そんなことが可能だったのは、あのとき旅行に参加していた春眠会の面々だけでしょう」

厳密に考えれば、持田の荷物を見た身内の人間にも、抜き取る機会はあった。しかし、正当に受け取る権利があり、湖に流すことを拒否できる立場の者に、こっそりと持ち去る必要性など、あるとは思えなかった。

「もちろん、キー・ホルダーの持ち主は次々と変わる可能性があり、事件当時に彼らの許《もと》にあったかどうかは不明です。しかし、誰もが事故の際、持ち去っていないと主張する以上、第三者の手には渡っていないと解釈して間違いないと思います」

キー・ホルダーを密《ひそ》かに所持していたこと自体は、特に悪いことではない。だから、預かっていたプレートを、別の人間に渡したのなら、そのことを隠す必要はないだろう。持田と何らかの関係があったのではと疑われるにせよ、殺人の容疑は小さくなるのだから。にもかかわらず、キー・ホルダーを持ち去った事実さえも認めようとしないのは、犯人がずっと隠し持っていたからだろう。自分自身の持ち物を落としてしまったからに違いなかった。

「最後に、睡眠薬が仕掛けられていたどくだみ茶について吟味しましょう」

そう言うと、大槻警部はカップを口に運んだ。喋《しゃべ》り続けているために、喉《のど》が渇いているのかもしれなかった。

「机の上にあった水筒には、どくだみ茶が入っていましたが、蓋《ふた》の方にはその中身とは違うどくだみ茶が注がれていました。被害者が二種類も持ってきたとは思えませんし、春眠会の面々も知らないと証言していますから、蓋に入っていた方は犯人が用意してきたものだったのでしょう。これは想像ですが、犯人も水筒を持参してきており、それぞれの蓋にお互いのどくだみ茶を注ぎあったのではないでしょうか。そして、犯人の作ってきたものには睡眠薬が混入されており、それを飲ませて、被害者の抵抗を奪ったのでしょう」

現場から横山のもの以外の水筒は見つかっていなかった。二種類のどくだみ茶が残っていた事実を説明するには、一方を犯人が持ってきたと考えるよりない。

「しかし、犯人が用意した飲み物は、ありふれた緑茶やコーヒーではありませんでした。どくだみ茶です。誰もが親しんでいるものではなく、旅行に持っていくことなど普通はない、かなり特殊な飲み物です。睡眠薬を飲ませたいのなら、ビールなどの酒類に混入するのが、一般的なやり方でしょう。それでも、どくだみ茶を選んだのは、被害者が病気の結果それしか飲まなくなっていたからです。他の飲み物は一切口にしないからです」

横山はアルコール依存症から脱却して、そう日が経っているわけではなかった。そのため、健康のことも考え、酒はおろか普通の緑茶すら飲まず、どくだみ茶だけを飲むことにしていた。

「ですから、犯人は当然、その事実を知っていたことになります。被害者がどくだみ茶しか飲まないことを、どこかで誰かから聞いていたのです」

そうでなければ、犯人がどくだみ茶を用意できるはずがないだろう。偶然そんなものを作って持っていく可能性など、ゼロに等しかった。

「この事実は、できれば秘密にしておきたい性質のものであり、被害者はほとんど誰にも打ち明けていませんでした。治療に当たった医師と家族を除けば、今回の旅行に参加した面々しか知らなかったことです。よほどの事情がない限り、医者が患者の秘密を洩《も》らすことはありませんし、唯一の家族である被害者の母親も、娘の恥を晒《さら》すことはしないでしょう。旅行参加者もめいめい、誰にも話していないと証言しています。つまり、知っていたのは、春眠会のメンバーと、被害者の母親、治療した医師だけだったわけです」

情報が洩れているかもしれないから、厳密とはいえないが、心情的には十分説得力があった。横山が犯人のどくだみ茶を飲んだことを考え合わせると、容疑者を春眠会のメンバーに限定しても間違いないだろう。

「ですから、桜木和己、村上美恵子、長谷川知之、尾羽麻美、山下健二、横山典子、尾羽満と被害者の母親と医者を含めて、九人の中に犯人がいることになります」

大槻警部はそう言うと、大きく息を吐き出した。これで容疑者を限定する、円を閉じる作業が終了した。

「つまり、今までの状況を整理すると、尾羽夫妻、桜木、村上、長谷川、山下、横山の七人の中に、尾羽麻美、山下健二、横山典子の三人を続けて殺した人物がいる、そういうことですな」

ずっと黙っていた内田警部補が、ここまでの話をまとめて言った。

「そうです。そして、ここから犯人が誰であるのか、証明していきます」

熱の入った声で言うと、大槻警部はコーヒーを飲み乾《ほ》した。分かったことというのは、やはり犯人の名前だった。

矢野はサーバーを取りにいくと、氷も一緒に持ってきた。温かい飲み物よりも、冷たいものの方がいいようだった。

「さて、それでは証明していきましょう。犯人の特徴を示す手掛かりは、一つは第二の事件、もう一つは第三の事件にありました。そのどちらも、数名に絞ることができるだけですが、それを組み合わせれば、一人の人間の名前が浮かび上がることになります」

話を進めながら、大槻警部は二杯目のコーヒーを盆から取り上げた。ただし、今度はカップに氷を入れた冷たいものだった。

「第二の事件では、鞄《かばん》の中からヘッドホン・ステレオが見つかりました。録音されたテープが入っていて、一時騒然となりましたね。犯人の名前や喋《しゃべ》っている声が残っていないかと期待したわけですが、そこまではうまくありません。生放送だったテレビの番組から、犯行時刻を正確に割り出せたにすぎませんでした」

矢野はテープに録音されていた内容を思い出した。テレビの音声に混じって、酔った被害者の声や、首を絞めるような音が聞こえるだけの、役に立たないものだった。

「専門家に分析を依頼した結果、録音されている声は被害者のものであることが確かめられました。呻《うめ》き声、衣擦《きぬず》れの音など、いずれも疑わしいものはなく、殺害の模様を本当に収録したものであることが確認されました。しかし、犯人はこのテープの存在に気が付かなかったのでしょうか。手掛かりになりそうな音が、残っていなかったからよかったようなものの、被害者が犯人の名前を呼んでいれば、それでおしまいだったのです。自分の声が入っていても、非常にまずいことになります。放置しておくには、あまりに危険な証拠ではないでしょうか」

指摘されてみるまで、矢野は考えてもみなかった。録音された中身に気を取られて、そこまで頭が回らなかった。

「つまり、偽《にせ》の手掛かりだったと？」

内田警部補が鋭い視線を上げて尋ねた。

「いえ、今も言いましたように、このテープは犯人の吹き込んだ偽物ではありませんし、捜査を混乱させようと考えて残していったものでもありません。被害者が実際に眠ってしまう直前に、録音のスイッチを押した結果、殺害時の状況が録音された本物の証拠品のはずです。偽の手掛かりとしても何を指すのかよく分かりませんしね。私が言いたいのは、その方向ではなく、犯人はテープの存在に気付いていたし、録音された中身も聴いていたはずだ、ということなのです」

「そういえば、カセット・テープには指紋がなかった」

ふと気付いたように、内田警部補がつぶやいた。

「ええ。本体にも、テープにも、電池にも指紋は残っていませんでした。もちろん、誰かが拭《ふ》き取ったのです。死ぬ前に録音しようとした被害者に、そんな余裕はないですから、拭《ぬぐ》ったのはもちろん犯人でしょう。電池を出したりするのに、手袋を外す必要があったためでしょうが、ということは、犯人はテープ自体に触れていたことになります。当然、その存在には気付いていたわけです」

テープを取り出したりしなければ、指紋を拭う必要などなかっただろう。電池までそうだったということは、犯人は殺害状況を録音されていた可能性について、考えていたことを示している。

「また、被害者は几帳面《きちょうめん》といいますか、神経質な性格でした。財布の中のお札が、同じ向きでないと気持ち悪かったり、人の家の冷蔵庫なのに、賞味期限の順番に揃《そろ》え直したりするほどの人物でした。そんな気質の人間が、本体にカセット・テープのB面を前にして入れるというのは、何かそぐわないものを感じます。被害者なら常にA面を前にしそうな気がしませんか」

これは性格的な問題で、本当はどうか分からなかった。しかし、犯人がテープを取り出して、戻すときに反対にしたと考える方が、しっくりくるのは事実だった。

「ということで、犯人はテープの存在に気付いており、一度は本体から取り出していたはずです。そうでなければ、その表面を拭う必要がありませんからね。面が反対になっているのも、心理的にその事実を裏付けます。では、犯人は何のためにテープを取り出したのでしょうか」

大槻警部はこちらに視線を向けて尋ねた。自信を持って矢野は返事した。

「録音された内容を調べるためでしょう。テープに何が入っているのか、聴いてみるためです」

どんな殺人犯にしても、殺害時の録音があると知れば、それを聴かずにはいられないだろう。何の処置も取らずに捨てておくことなど、多分できないに違いない。

「そうです。その通りです。実際、テープには犯人の聴いた痕跡《こんせき》が残っています。テープの巻き取り状態がその証拠です」

矢野はそのとき野崎刑事と交わした会話を思い出した。ウォークマンのブランク・スキップ機能についての話だった。

「ヘッドホン・ステレオで音楽を聴く場合、通常、音の入っていない空白部分は早送りにするものです。今はそれを自動的にやってくれる機種が普通らしいですね。さて、A面、B面の終わりは、たいてい無音ですから、そこまで来たら再生にしておかないで、キューで飛ばしてしまうでしょう。そうすると、テープの巻き取りにはむらができます。ゆっくり再生で巻いていた箇所と、早送りで急いで巻いていた箇所の二つがあるからです。ところが、あのテープの巻き取られ方は、きれいで均一になっていました。どの部分も再生しか使わなかった状態だったのです。つまり、被害者が普通に聴いたのとは違う痕跡が残っていたわけです」

あのとき、野崎刑事は再生だけか録音だけのテープの巻き取り状態だと言っていた。録音が途中で途絶えている以上、誰かがテープを再生だけで聴いたのは間違いなかった。

「テープはスターダスト・レビューの曲の途中に、十分ほど殺害の状況が録音され、電池がなくなって歪《ゆが》んだ音になり、また曲に戻るといった内容でした。殺害の模様が入っている以上、テープの中身を聴いたのは、当然それよりも後だったということになります。そんなことができたのは、もちろん犯人しかいませんでした。犯人はやはりテープを取り出して、その内容の確認を行なっていたのです。確認をしたからこそ、そのテープを平然と残して現場から立ち去ることができたのです」

調べるとなれば、隅から隅まで、全部聴かなくてはならないだろう。どこに何が録音されているか分からないのだから、犯人なら早送りすることなく、全てを再生するよりなかった。

「では、犯人はどうやってテープを聴いたのでしょうか。被害者のヘッドホン・ステレオの電池はなくなっており、それで聴くことはできませんでした。録音の途中で電池が切れたのは、殺害時の音が歪《ゆが》んで消えたことから明らかです。犯人が使ったから電力を消耗し尽くしたのではありません。また、古いタイプのものだったため、充電には時間が掛かりますし、乾電池も山荘の中にはありませんでした。被害者が持っていないのは、内田さんが確認してくれましたね」

予備の電池を持っていないのは、内田警部補が現場で調べていた。乾電池が山荘の中にないのも、その前日に桜木、村上、長谷川の三人が探して確かめている。

「そもそも、テープを取り出しているのですから、被害者のヘッドホン・ステレオで聴いたはずはないのです。他のデッキで再生したからこそ、本体から出すことになったわけですから。もっとも、電池にまで触ったところをみると、犯人は被害者のプレーヤーで聴きたかったようではあります。他を当たらなくても、最も手近にある機械だったのですから、それも当然でしょう」

「でも、山荘の中には、カセット・デッキはありませんでしたよ」

　そこで矢野は反論した。前日に三人が確かめていたし、現場検証でもそれは確認されていた。

「ええ、そう。中にはありませんでしたね。しかし、山荘の外はどうです？」

大槻警部の謎《なぞ》めいた問いに、矢野は思わず首を捻《ひね》った。いくらラジカセが持ち運び自由なものといっても、屋外に放置する人間などほとんどいないだろう。

「そうか。車だ」

　そう叫んだのは内田警部補だった。あまり口を挟まないにもかかわらず、頭は素早く回転している様子だった。

「その通り。車についているデッキです。犯人がテープを聴くことができたのは、事件当夜、その場所しかありませんでした」

　被害者のヘッドホン・ステレオが駄目で、山荘の中にラジカセの類は置いてなかったのだから、他にテープを再生できる機械は車の中にしかなかった。あの夜、犯人が使うことのできた唯一のデッキは、自動車についているカセット・プレイヤーだった。

「車でテープを聴くのに、ライトを点《つ》けることも、エンジンをかける必要も全くありません。音も大きくしなければ、外に洩《も》れる気遣いはないでしょう。殺害現場と違って、長い時間いても、比較的安全な場所です。犯人は自動車の中であのテープを聴いたに違いありません」

矢野の頭の中に、犯人の横顔が浮かんできた。何の音もない闇《やみ》の中で、そっと車のドアを開く姿だった。

「ということは、そのとき犯人は車を使うことができたことになります。もっと厳密に言えば、犯人は殺害時に車のキーを持っていた人間だったわけです」

「そうか」

まるでため息をつくように、内田警部補がつぶやいた。先を聞かなくても、もう結論が見えているようだった。

「さて、それでは車のキーを持っていたのは誰と誰だったのでしょう。よく思い出してください」

その問い掛けに、矢野は手帳を見ながら答えた。

「尾羽満は確実ですね。尾羽麻美からキーを受け取って、そのまま家に帰っています。車も持っていますし、鍵《かぎ》も持っています」

「そうですね」

「それから、桜木が持っているでしょう。車は長谷川のものですが、運転するのが彼のため、ずっと預かっていたはずです。ですから鍵を持っていたのは桜木です」

「はい」

「それに、横山も除外しないで数に入れておきましょう。次の事件で殺されてしまいますが、彼女も持っていた可能性があります」

矢野の答えに、大槻警部は大きくうなずいた。その満足そうな様子は、解答が正しいことを示していた。

「その通りです。山下殺害の際に、車のキーを手にしていたのは、尾羽満、桜木和己、横山典子でした。ですから、犯人はその三人の中にいることになります」

大槻警部ははっきりとした口調で結論を述べた。第二の事件の条件から、容疑者はわずか三人に絞られた。

「続いて、第三の事件に移りましょう。こちらは机と壁の隙間《すきま》に落ちていたプレートが手掛かりとなります」

そう言うと、大槻警部は氷の溶けたコーヒーを半分ほど飲んだ。その方が薄くなって、むしろいいかもしれなかった。

「さて、あのプレートはもともとキー・ホルダーの一部で、縦二センチ、横四センチほどの、薄く平べったい金属片でした。端に小さな孔《あな》がありましたが、それ以外には特徴のない、ごく平凡なものでした。それがほんの指先しか入らない、数センチの隙間に落ちてしまったのです。拾い上げるのが大変なのは、想像に難《かた》くありません」

壁と大きな机の間にできた、わずか数センチほどの空間だった。机の高さは一メートルほどあり、上から覗《のぞ》き込むだけでも一苦労だった。

「地震か何かの拍子に、間が空いてしまったのでしょう。押して戻そうにも、一人ではどうにもならないので、そのままにしてあったようです。指輪などの貴金属が落ちたりしないようにという配慮でしょう、紙で塞《ふさ》いだ跡が残っていました。あの間に入ってしまい、取るのに大変だったことがあったのかもしれませんね」

現場には、紙とセロテープを剝《は》がしたものが捨てられていた。それが犯人の行動であることは、指紋のないことから既に判明していた。

「机は脚の部分が囲いになった形の、がっしりとした重いもので、私たちが三人で引っ張って、やっと動いたくらいのものでした。犯人一人では、もちろん動かせなかったでしょう。また、その隙間の右側は壁、左側は作り付けの衣裳《いしよう》戸棚で、脇《わき》から掻《か》き出せるような状態ではありませんでした。つまり、狭い隙間の上から、何らかの手段で拾い上げるより仕方がなかったのです」

矢野は現場検証のときに考えた、いくつかの方法を思い出した。あのプレートの形状では、そう多くのやり方があるとは思えなかった。

「普通思いつくのは、細長いもので挟んで取るか、針金を孔に引っ掛けて釣り上げるか、粘着性のあるものを先につけて拾うか、掃除機で吸い込むか、その程度のものでしょう。犯人もそれを考えたようで、現場にはその痕跡が顕著に残されていました」

細長いものや、粘着力のあるものを探したのだろう、被害者の鞄《かばん》は荒らされていたし、部屋の中も掻き回されていた。菜箸《さいばし》やはたきを持ってきてあったし、新聞紙を棒状に丸めたものも現場に落ちていた。

「犯人が鞄の中を見たのは、絆創膏《ばんそうこう》やチューインガムを持っていないか調べたからでしょうね。しかし、被害者は持っておらず、部屋の中にもありませんでした。残念なことに山荘には、救急箱も置いていません。隙間を塞いでいた紙についているセロテープは、もう粘着力を失くしていて、役に立ちませんでした」

救急箱は前日に横山を含めた四人で、山荘の中を探していた。ごみ箱に捨ててあったセロテープは、ぼろぼろ崩れるほどで、とても使える代物《しろもの》ではなかった。

「それで、犯人は被害者の指の絆創膏を剝がしてみたのでしょう。新聞紙が少し破れていたのは、その先にそれを貼《は》ったからだと思います。しかし、一度使った後だけに、粘着力が弱くなっていたのでしょうね。結局、この試みも駄目で、ごみ箱に捨てなくてはなりませんでした」

あの絆創膏を外したのは、被害者ではなく犯人の方だった。わずかな粘着力に一縷《いちる》の望みを託し、被害者の指から剝がしてみたのだった。

「個人の住宅ではなく、日頃使われない山荘だったのが、犯人にとって災いしました。普通の家庭ならよく置いてある、例えば針金とかガムテープといった品物がなかったからです。ですから、管が太くて入るとも思えない掃除機を試してみたり、傘の骨やテレビのアンテナを折ろうとしたりしたのです。新聞紙を巻いて棒を作るアイディアは、追い詰められなければ浮かばない、苦肉の策だったでしょう」

こんなに備品のない場所でなければ、犯人も苦労しなかったかもしれない。物差しや孫の手といった細長いものや、もう少し太い箒《ほうき》や釣り竿《ざお》、ゴルフ・クラブ、シャッターを下ろす棒などはなかった。セロテープ、絶縁テープ、接着剤といった粘着性のあるものも見つからなかったし、くっつかないかもしれないが磁石も置いてなかった。長谷川の車の中にも、使えそうな道具はなくて、状況は同じだった。

「結局、犯人は諦《あきら》めました。あれだけの努力をしている以上、持ち帰りたいのは当然ですが、考えつく限りの方法を試しても、拾い上げることは不可能だったのです。現場に残していかざるを得ませんでした」

とはいえ、是が非でも拾わなければならない証拠ではないという、冷静な計算もあったことだろう。あのプレートから直ちに犯人が特定されるわけではなかった。指紋は被害者のものしか付着していなかったし、血痕《けっこん》その他の痕跡は何も残っていなかった。春眠会で昔に作ったキー・ホルダーということから、そのメンバーの中に犯人がいると限定はされるだろうが、それは他のことからもほぼ分かっている事実であり、決定的な手掛かりを与えることにはならない。また、そう判断できたからこそ、犯人も回収することを諦めて立ち去ったのだろう。

「そうでしょうな。春眠会の人間に罪をなすりつけるため、犯人が故意に落としていったとも考えにくいですから」

内田警部補が静かに口を挟んだ。あのプレートが偽《にせ》の手掛かりだった可能性についてまで、考えていたようだった。

「ええ。それだけのために、犯人は被害者の鞄《かばん》を荒らし、部屋の中を調べ、テレビのアンテナや傘を折り曲げ、掃除機の音を鳴らし、菜箸《さいばし》やはたきや新聞紙を持ち帰り、その新聞紙で棒を作りと、やることが多くあります。あまりにも効率が悪く、危険が大きすぎる気がします」

「隙間にプレートを落としておけば、それで十分でしょうね」

矢野はそこで口を挟んだ。プレートを失くしたことに気付かなかったとしても、特におかしくはない。そういうことにしておけば、回収する努力の跡を残す必要がなくなっていただろう。

「そうです。また、今回の春眠会の旅行は、実に十数年ぶりの企画でした。持田の事故以来、ずっと途絶えていて、もう一度集まれるかどうかも怪しい状態でした。つまり、プレートが偽の手掛かりとして役に立つ日が来るのか、全く分からなかったのです。それを十年以上も待っているというのは変な話でしょう」

そもそも、あのプレートが、春眠会のメンバー以外の手に渡っている可能性は、ほとんどといっていいほどなかった。会の誰かが落としておいたのでは、自分の首を絞めるだけで、偽の手掛かりとして全く機能しないことになる。

「ということで、隙間から見つかった金属片は、故意に落とされたのではなく、やはり偶然の結果だったわけですが、とすれば、犯人は現場に残していきたくなかったはずです。様々な努力の痕跡から見て、持ち帰れるものなら持ち帰っていたでしょう。ところが、山荘の中には、拾い上げるのに格好の道具を所持している人がいたのです。針金と同じように使うことのできる、日常的な品物を持っている人が」

大槻警部はまた謎《なぞ》めいた言い方をした。矢野には話の向かっている方向が、まるで見えなかった。

「犯人がそれを持っていたならば、必ず用いたはずです。その品物はそれくらい簡単に使用でき、誰でもその使い方を思いつくほど、ありふれたものだったのです」

何のことを指しているのか、矢野には全く分からなかった。内田警部補も同じだったようで、単刀直入に答えを訊《き》いた。

「何ですか、それは？」

「針金でできたハンガーです。洗濯屋さんなんかで手に入る、骨組みだけのハンガーですよ」

「ハンガー？」

矢野はすぐに飲み込めなくて、おうむ返しに尋ねた。大槻警部の言っているのは、戻ってきた洗濯物についている簡易なハンガーのことだろうか。

「そうです。あのねじれを外せば、ほとんど針金と一緒でしょう。少し力は必要ですが、道具もなく手でばらすことができます。先も細いので、小さな孔に引っ掛けるのも簡単です。新聞紙を丸めて棒状にすることを思いつくくらいなら、こちらに気が付くほうが普通でしょう」

そう言われて、矢野は桜木が出ていたサスペンス・ドラマを思い出した。骨組みだけのハンガーをばらして、そこに五円玉を通し、凶器として用いる話だった。ありふれた手口だが、そのドラマを見ていれば、ハンガーをばらす使用法は必ず思いつくだろう。針金の代わりになることは、すぐ理解できるはずだった。

「しかし、犯人はプレートを回収することを諦め、現場に放置しました。持って帰れるものなら持って帰りたかったはずの金属片を、隙間《すきま》に置き去りにしたのです。これは、犯人が針金でできたハンガーを持っていなかったことを意味しませんか」

「なるほど」

内田警部補が呻《うめ》くように言った。いくら読みの深いベテランでも、そこまでは考えていないようだった。

犯人がハンガーを所持していたのなら、必ずや使ったことだろう。その結果、金属片は拾い上げられて、隙間には落ちていないはずだった。

「しかし、そんなものを誰が持っていたんです？」

冷静な声に戻って、内田警部補が尋ねた。矢野は急いで手帳を繰り、事情聴取の結果を見返した。

「さあ？」

「尾羽満と村上美恵子の二人です。後で個人的に確認しました。尾羽は長谷川から受け取ったらしく、村上は桜木から尾羽麻美経由で受け取ったようです。つまり、持っていなかったのは、その時点で既に殺害されていた三人を除いて、桜木と長谷川の二人です」

大槻警部ははっきりとした口調で結論を述べた。第三の事件の条件から、容疑者はわずか二人に絞られた。

「もっとも、尾羽満はそのとき山荘から帰ってしまっていましたから、ハンガーを持参していたかどうかは分かりません。ただ、他の条件から除外することができますので、このまま話を続けることにします」

終幕が近づいているのが、その話しぶりから分かった。矢野は息を詰めるようにして、大槻警部の話を聞いた。

「言うまでもないと思いますが、同一犯人による連続殺人ですから、第二の事件の犯人は同時に第三の事件の犯人でもあります。二つの円の交わった共通の部分に属する人間が犯人のはずです」

明白な真理だった。そのために、大槻警部は同一犯人であることを最初に論証したのだった。

「山下殺害の際に、車のキーを手にしていたのは、尾羽満、桜木和己、横山典子の三人でした。ですから、犯人はその中にいることになります。また、横山殺害の際に、ハンガーを持っていなかったのは、桜木和己、長谷川知之の二人でした。ですから、犯人はそのどちらかということになります。そして、犯人はその両方に共通して存在しているはずですが、該当する人物は一人しかいません。桜木和己です」

大槻警部は落ち着いた表情で、犯人の名前を口にした。熱のこもった今までの調子と違い、静かで穏やかな言い方だった。

「桜木だけが第二の事件のとき、車のキーを預かっており、第三の事件のとき、ハンガーを所持していませんでした。この二つの条件に該当する人間は他にはいないのです」

「尾羽満はどうですか？」

留保していたことを思い出し、矢野はそのことを尋ねた。尾羽がハンガーを持ち歩いていた可能性はあまりないように思えた。

「ああ、そうでしたね。でも、尾羽満は第二の事件で最初から除外しておいてもよかったのですよ。なぜなら、彼は聴覚障害者だからです。耳の聞こえない人間が、テープを聴くことはできないでしょう」

指摘されるまで、矢野はその事実を失念していた。いくら車のキーを持っていようと、肝腎《かんじん》のテープを聴けないのでは、犯人のはずがなかった。

「……しかし、物的証拠がありませんな。これでは起訴に持ち込めるかどうか、微妙なところでしょう」

現実的な内田警部補は、全く別のことに頭を働かせていた。

「ええ。私もそれは考えました。しばらく泳がせてみるしかないと思うのですが」

そう言うと、大槻警部はカップのコーヒーを喉《のど》に流し込んだ。氷は全部溶けて、ぬるくなっていたに違いなかった。

いつの間にか、外は夜の帳《とばり》が降りて、車のライトが盛んに交錯していた。アスファルトを流れる水が、いくつもの光を反射して、道が青白く滲《にじ》んだように見えた。

「出ますか」

カップを盆に戻すと、内田警部補が立ち上がった。大槻警部は軽くうなずいて、帰り支度を始めた。

腕時計に目を落とすと、もう九時になろうとしていた。矢野はカップを洗うと、二人と一緒に本庁の玄関を出た。

中入り

終章を読み終えてから、もう既に何日か経過していた。桜木は多根井からの電話を、不安な気持ちで待ち続けていた。

問題編のコピーを送ってから、一度は連絡がとれていた。多根井は読んでみたうえで、事実であるかどうか調べることを約束してくれた。半年間ほど海外にいたので、事件が起きたこと自体、多根井は知らないという。ただ、確認しようと思えば、大槻警部に尋ねればいいと、二つ返事で請け負ってくれた。

その言葉に力を得て、桜木は解決部分に目を通した。人格が破壊されそうなほど激しい衝撃を感じたが、事実ではないと自分に言い聞かせ、何とかぎりぎりのところで踏み留《とど》まっていた。

その解決編と銘打たれた部分も、読み終えてすぐに送った。多根井の元には到着して、既に読んでくれているはずだった。

桜木は連絡を待つ間、原稿を何度も読み直してみた。終章だけではなく、問題編の方も繰り返し目を通した。

その結果、いろんなことを考えつきはしたが、それでも大槻警部の論証を突き崩すことはできなかった。穴を探しても見つからず、全てが事実だとすると、自分が犯人だと認めざるを得ない状況に追い込まれていた。陥穽があるとは思っていたから、相当深く読み込んだはずだった。普通なら考慮する必要のないことまで、桜木は点検したつもりだった。

例えば、最初に考えたのは、尾羽満の耳が本当は聞こえるのではないかということだった。聾者《ろうしゃ》のふりをしているだけで、実際には音が聞こえるとすると、十分に犯人の資格があった。

しかし、よく考えてみると、第二の事件で尾羽満には鉄壁のアリバイがあった。山下が殺害されている最中、生放送のテレビに出演していたのだ。テープの録音が本物であることは確認されているから、凶行時刻に間違いはない。これは絶対に崩しようのない完全なアリバイだった。

そもそも、尾羽満が耳の不自由なふりをする理由など見当たらなかった。聴覚障害者の人権問題を中心に、様々なメディアで活躍している人物なのだから。

そうすると、逆に耳が聞こえないが故の誤解が生じているのではないかと考えてみた。尾羽満は会話を主に唇を読むことを通じて行なっていた。正しく聞き取ったと思っているが、実際には全く別の言葉だったとしたらどうだろう。口話では「たばこ」と「たまご」の例のように、唇の形がほぼ同じのため、勘違いをする可能性がある。

ただ、単語一つならともかく、文脈の中で間違えるとなると、起こりそうにない気がした。その目で第一章を読み直してみたが、事件に影響が出るほどの錯誤があるとはどうも思えなかった。

そこから考えたのは、もう真面目《まじめ》なことではなく、思いつきの域を脱していなかった。「尾羽」と指文字で言っていたのは名前ではなく、「伯母《おば》」のことではないかとか、尾羽麻美のことを第一章では麻美と表記しているので、第二章以降の「尾羽」は、実は麻美のことではなく、満のことではないかとか、そんな取り留めもない考えだった。

何度も読み返したわりには、大したことを思いついていないが、それでも桜木には収穫があった。明らかにおかしい描写が、何箇所か見つかったことだった。

桜木には金属アレルギーがあって、掌以外の部分に触れていると、じんましんのように痒《かゆ》くなってくる。そのために、ブレスレットなどの装飾品はもちろん、腕時計すらはめないことにしている。ところが、原稿の中に登場する桜木は、ネックレスや指輪、腕時計をちゃんと身に着けているのだ。なのに、平気な顔をしていて、アレルギーの片鱗《へんりん》も見せていない。

これは、桜木という名前を使っているが、本当は自分が参加していなかったという意味ではないだろうか。全く別の人間に桜木の名前をつけて、登場させているだけではないのだろうか。

「先生」

そのとき、ドアのノックとともに、須美乃の小さな声が聞こえてきた。桜木に気を遣った、遠慮したような声だった。

「電話が掛かっています。多根井さんからです」

その言葉に、桜木は半ば駆け出すようにして、電話口に向かった。結果を早く知りたい気持ちと、聞くのが怖い気持ちが微妙に入り混じっていた。

「桜木先生ですか。多根井です」

受話器を取ると、悠長とも思えるゆっくりとした声が耳に流れ込んできた。桜木は受験の合否を聞くような、期待とも焦燥とも不安ともつかない、複雑な感情を抱いていた。

「調査結果が出ました。安心してください。先生はもちろん犯人ではありません」

「そうか」

そう聞いて一息はついたが、桜木はまだ安心していなかった。腋《わき》の下から冷汗の流れ出る感覚があった。

「ただ、その説明をするには、電話では無理ですので、そちらに伺おうかと思います。今からよろしいですか？」

「ああ。もちろんだよ。ただ、こちらに来る前に、一つだけ聞かせてくれないか。私が犯人でないということは、原稿は事実ではなかったということだね？」

桜木は息を飲み待った。全部の神経が、耳に当てられた受話器に集中した。

「いえ、事件に関する細かな事柄については全て現実に起きたことです。解決編は確かに創作ですが、あそこで述べられている論証に誤りはありません。ただ……」

強いめまいが突然襲ってきた。事実だったという衝撃が強くて、多根井の声が聞こえなくなった。

「では、あそこで登場する桜木とは、私のことではなかったのだろう？　本当は私は事件に関《かか》わっていなかったのだろう？」

最後の望みだった。自分の声が頭の中で反響し、激しい頭痛になった。

「いいえ、先生御自身ですよ。とにかく、お目にかかって説明し……」

多根井の声は、そこまでしか聞こえなかった。暗幕が降りるように、目の前がすっと暗くなり、桜木は受話器を取り落とした。

再編　そして現在《いま》も

風が口笛のような音を立てて、激しく吹き荒《すさ》んでいた。今にも泣き出しそうな空を、理は窓越しに見上げていた。

「……それであなたは、私が真犯人だというのね？」

重苦しい沈黙が続いた後、ようやく彼女が口を開いた。氷の刃のような鋭さと冷たさを感じさせる言葉だった。

「いいえ。連続殺人の犯人はあなたではありません。桜木先生に原稿を送り、精神的にこの上ない衝撃を与え、その結果殺してしまったのがあなただ、と指摘しているのです」

理はゆっくり振り向いて言った。そして、窓辺を離れると、もう一度ソファに腰を下ろした。

「あら。でも、それだと、誰が犯人だというのかしら。あの論証に誤りがない以上、犯人は剛毅になるはずだけど」

自信の表われだろう、驚き方がわざとらしかった。両手を拡げて見せているが、目の奥は動じていない。

「真犯人は、尾羽麻美さんです」

理は居住まいを正し、改まった口調で言った。

「まさか。連続殺人事件の最初の被害者が、本当の犯人だったというの？」

「そうです」

「この一連の事件は三つとも、同じ人間の仕業だったのよ。それも、その殺害方法は、自動的に働くことなどない絞殺なのよ」

「ええ、知っています。それでも、犯人は尾羽麻美さんだったのです」

穏やかに、しかし、あくまでも強く、理は自らを主張した。

「そう。そこまで言うのなら説明してちょうだい。私にも衝撃を与えられるよう」

挑むような彼女の目には、余裕の色が滲《にじ》んでいた。楽しいゲームでも始めるみたいに、唇の端に微《かす》かな笑みを浮かべていた。

「分かりました。やってみましょう」

感情を抑えた声で言うと、理は花柄のカップに口をつけた。紅茶はすっかり冷めてしまっていた。

「桜木先生にも言ったことですが、あの原稿に書かれていた内容は、問題編に限り全て事実でした。解決編の方は創作ですが、事実に基づいて構成されており、大槻警部が行なっている証明は、緻密《ちみつ》で、論理的で、説得力があります。何度読み返しても、誤りを見つけることはできませんでした。犯人を決定する論証は完璧《かんぺき》だったのです」

「あら、もう降参したの？」

彼女は口に手を当てると、作ったような笑い声を出した。

「いいえ。あなたの狡猾《こうかつ》さを認めたにすぎません」

「私が書いたとも認めていないわよ」

「巧妙さと言い換えてもいいでしょう」

理はそ知らぬ顔で皮肉った。

「でも、証明に間違いがなければ、剛毅が犯人になってしまうじゃないの。だからこそ、彼はショックを受け、死んでしまったわけでしょう？」

嫌味な言葉を見事なまでに無視し、彼女は真正面から攻め立ててきた。

「そこがあなたの策略の、最も悪魔的なところですよ。偽《にせ》の犯人を導く論証が完璧だなんてね」

「策略？」

「桜木先生を犯人だと思わせるための謀略ですよ。完璧と思われていた論証に、実は見過ごしがあったとか、新たに加わった情報があって、論の行き着く先が変わってきたとか、そういう事件なら過去に何度かありました。簡単に言えば、最初の論証に不備があったわけです。ところが、今回はそうではありません。偽の犯人を導きだす証明に、論理的な間違いはないのです。桜木先生を犯人と指し示した手掛かりを同じように組み立てて、真犯人を指摘できるのです」

「言っていることが分からないわね」

「たとえ論証に誤りがなくても、ぼくには別の犯人が指摘できるということですよ。同じ手掛かりを用い、そこから証明される結論も完全に同じでありながら、違う犯人に行き着くんです」

「そんなことができるのかしら」

「できたのです」

相手の目をじっと見据え、理は低い声で答えた。わずかな動揺も見逃すまいとしたが、彼女は炎を燃やしたような瞳《ひとみ》で睨《にら》み返してきた。

「あなたは確かに事実しか書きませんでしたが、それでも桜木先生を犯人にするには、原稿に仕掛けが必要でした。悪魔的な策略といったのは、その細工のことですよ」

理は最初から急所に切り込むことにした。小手先で倒せない相手であることは、ここまでの折衝で十分感じていた。

「その仕掛けさえ見破れば、同じ論証で本当の犯人を指摘することができます。また、解決編では放置されたままだった不可解な事柄に関しても、納得のいく説明を与えることができるのです」

彼女は出し抜けに大声で笑い始めた。耳障りな甲高《かんだか》い音が、しばらくの間、部屋の中に響きわたった。

「誤魔化しても無駄です。あなたは、ぼくが大槻警部に連絡を取ったことを忘れていませんか。そして、事実を確かめられてしまったら、あなたの謀略などひとたまりもないということを」

「何のことだか分からないわ」

「あなたが原稿に施した細工のことですよ。現実に起きた事件を、全く逆の順番に並べ替えておいた、破天荒な策略のことです」

髪を掻《か》き上げようとしていた彼女の、左手の動きが止まった。揺るぎのない自信に訪れた、初めての翳《かげ》りかもしれなかった。

「描かれている事柄自体には、何の嘘《うそ》もありませんでした。本当に起きたことを、ありのままに記述してあります。ただ、実際と違っていたのは、時間が反転して流れていたことです。三つの事件の順番を、まるで逆さまにしてあったのです」

耳元で手を止めたまま、彼女は何も言わなかった。それがダメージを受けたせいであることを理は祈った。

「最初に殺されたのは、本当は横山さんでした。次の被害者は山下さん。最後が尾羽麻美さんという順番です。第三章、第二章、第一章の順で起きていた事件を、あなたはわざと並べ替えて送ったでしょう」

「私が送ったなんて、認めていないわよ」

「事件がこの順番であれば、例えば、ファックスの一件が不思議ではなくなります。尾羽麻美さんが横山さんからファックスを送られて、怯《おび》えていたという話がありましたね。幽霊の顔でも見たみたいだったということでしたが、それはまさにその通りだったのです。

横山さんが自動送信をセットしておいただけのことですが、受け取った側は二日前に殺された人からの通信で、生き返ったのかと驚いたでしょう」

「仮定を事実として、話を進めないでちょうだい。それで説明をするんなら、きちんと証明してみせたらどうなの」

彼女は声を荒らげて言った。

「おっしゃる通りですね。これから行ないます」

「できるっていうの？」

「この細工は大槻警部に尋ねた結果、分かったわけではありません。事件の順番がおかしいことは、原稿の中にいくつかの矛盾となって現われていましたからね。あなたは現実にあったことに、一切手を加えませんでした。そのため、矛盾した部分が何箇所か出てきたのです」

「矛盾？」

「そうです。細かなことばかりで、あなたは意識しなかったでしょう？　これから、その指摘を行ないますが、説明の便宜上、死体の発見された日を基準にして、第一章からA、B、Cと記号を付けておきます。その前日はa、b、cとします。つまり、尾羽夫妻の到着した夜がaで、密室で死体が発見された朝がA、三人が中止を伝えるため、連絡を取ろうとしていた夜がbで、山下さんの死体が発見された日がB、横山さんが遅れて到着した夕方がcで、その死体の発見された朝がCです。よろしいですか」

「どうぞ御勝手に」

くだらない、といった様子で彼女は横を向いた。

「了承されたものとみなします。さて、Aが十四日であることは、原稿の中に書かれています。長谷川さんから受け取った夕刊が、十四日という今日の日付だったと、第一章の最後の場面にあります」

理はテーブルの上に置かれた原稿のページを繰った。該当する場所を指し示してから、すぐ説明を続けた。

「それから、事件が三日連続で起きていることは御存知の通りです。これは、桜木先生が言っていましたし、幕間《まくあい》でもそのことが書いてあります。つまり、原稿の順番が正しければ、十四日から十六日までの三日間、連続殺人事件があったことになります」

「当たり前ね」

「また、Cで三連休が終わると、桜木先生が言っています。広間でテレビのニュースを見ながらの場面ですね」

理は再び原稿を繰った。第三章の一番最後の部分だった。

「分かりきった話ですが、三連休になるパターンは、金（祝）↓土↓日か、土↓日（祝）↓月（振替休日）、土↓日↓月（祝）の三つしかありません。十四日が絡む以上、ゴールデン・ウィークや年末年始は除外できるからです。ちなみに、公務員には夏季休暇が付与されるため、盆前後のまとまった休みはありません」

「テレビで三連休って言っていたのなら、盆や正月を考えなくてもいいでしょう」

彼女は軽蔑《けいべつ》したように言った。態勢を立て直し、余裕を取り戻したようだった。

「御協力ありがとうございます。さて、そうすると、十四日を含む三連休なら、十五日が祝日の場合で、十四日（土）→十五日（祝）→十六日（振替休日）の形に決まります。他のパターンでは三連休にならないことは分かりますね」

理は説明を省略した。三つの型に当てはめて考えれば、簡単に分かることだった。

「十五日が祝日なのは、成人の日か、敬老の日以外にありません。どちらなのかは、季節的な描写から分かります。拾いだしてみましょう」

「いいえ、結構よ。いちいち原稿を示してもらわなくても」

彼女は苛立《いらだ》たしげに、ページを繰ろうとした理を止めた。寂しい秋の星とか、秋晴れの爽《さわ》やかな天候とか、やたら秋という言葉が使われていた。

「そうですか。では、結論を述べることにします。これは秋の出来事です。ですから、事件が起きたのは、九月十四日（土）→九月十五日（日）→九月十六日（月）の三日間であったことが決定できます」

「ずいぶん回りくどいわね」

彼女はあくびを噛《か》み殺すように言った。

「あなたに反論の余地を与えないためです。地味かもしれませんが、一歩一歩進みたいのですよ」

「分かったわ。先を聞きましょう」

彼女は鼻先で嗤《わら》っていた。

「さて、緻密《ちみつ》に曜日を確定したはずですが、その日に起きたことを考えてみると、いくつかの矛盾が生じているのです。あなたは気付かなかったのでしょうがね」

「嫌味は結構よ」

「じゃあ、順番に見ていきましょう。まず、A、九月十四日（土）から。この日は土曜日なのに、長谷川さんが職場に電話を掛けて様子を聞いています。村上さんと入れ替わりに連絡をしていましたね。でも、長谷川さんの勤務先は確か西区役所だったはずです。どこの市なのか書いてありませんが、土曜日ならお休みか少なくとも半ドンでしょう。六時に電話して様子を確かめるのは、おかしいんじゃないですか」

図書館や博物館と違って、区役所は平日しか開いていない。完全閉庁でないときでも、土曜日の業務は昼までだった。

「もう一つ、桜木先生が六時以降に、ATMでお金を下ろしています。自動的に手数料を取られたと話していましたね。でも、銀行によって違いはあるものの、土曜日は五時か六時でおしまいです。六時を回って現金を引き出せるATMはないんですよ」

「銀行の現金自動支払機じゃなかったんでしょう。二十四時間キャッシングのできる、融資系の機械を使ったのよ」

そんな機械が手数料を取るとは思えなかった。だが、反論していてはきりがないので、理は無視して話を進めた。

「次に、B、九月十五日（日、祝日）に移りましょう。ここでも、長谷川さんが職場に電話をしています。日曜日で、しかも祝日なのに、『区役所の一日の業務が、終わりを迎える時間だった』とまで書かれています。これはおかしいでしょう？」

「敬老の日のイベントか何かがあったのかもしれないわ」

「逆に、村上さんが電話を掛けている気配がありません。休館日は月曜日と、第一章で尾羽満さんに手話で伝えていましたから、日曜日は開いているはずです。それとも、事情聴取が終わってから掛けたのでしょうか」

「祝日は休館なんでしょう」

「なるほど。そうかもしれませんね。でも、次の二つに逃げ道はありませんよ。この日の朝、死体を発見する前、長谷川さんがNHKの連続テレビ・ドラマを見ている場面があります。いろいろ言い訳しているところです。覚えていますよね。しかし、日曜日に朝の連続テレビ小説はありません」

NHKのドラマは、月曜日から土曜日までの放映だった。祝日や休日には関係なく、日曜日以外は毎日やっていた。

「それから、村上さんがその日の夕刊の見出しを読んだ描写がありました。『美人公務員、山荘にて殺害』と書いてあった記事のことです。前日の朝の事件が、どうして朝刊ではなく夕刊の一面を飾ったのかはともかく、日曜日には夕刊はありません。これは明白な矛盾です」

彼女は口を開かなかった。表情は既に真剣になり、目は理から逸《そ》らすように、右手のブレスレットを見つめていた。

「cの部分でも、同じことが言えます。Cが月曜日である以上、前日のcは日曜日のはずですが、ここでも横山さんが夕刊を読んでいます。こんなところにも新聞が配達されると感心していたところですね」

理はまた原稿を繰った。そして、該当する部分を手で指し示した。

「では、C、九月十六日(月、振替休日)に進みましょう。この日は先程とは逆に、長谷川さんが朝の連続テレビ・ドラマを見ていません。旅行先でも習慣を変えたがらないと書かれていますし、Bの部分では言い訳までしてドラマを見ているのに、ここではラジオの選局をしています。時刻はまだ八時過ぎで、起きるのが遅かったわけではありません。月曜日なら放映はありますし、どうも不思議でしょう」

「休日には放送がないのかもしれないわ」

「そんなことはありませんが、まあ、いいでしょう。さて、最後に、村上さんが職場に連絡していることが挙げられます。月曜日は休館日のはずなのに、五時頃に電話を掛けていましたね。長谷川さんの尋問の終わった、第三章の一番最後の場面でした」

「月曜日でも、祝休日は開いているんでしょう」

「日曜日のとき、祝日は休館だと言いませんでしたか?」

さりげない調子で、理は意地悪く尋ねた。自分から矛盾を認める格好で、彼女は口を噤《つぐ》んだ。

「ずいぶん多くの疑問点があると思います。これだけの矛盾が現われるのは、仮定が間違っているからと考えざるを得ません。最初の曜日の決定が誤っていたのです。つまり、事件は原稿に書かれていた順番で起きたわけではなかったのです」

以上が、時間の反転していることを証明する前段だった。理は紅茶のカップに手を伸ばすと、ゆっくり喉《のど》を潤した。

「では、本当はどの順番だったのか推測してみましょう。事柄の方から、曜日を考えてみます」

彼女は横を向いたまま黙っていた。自分の被《こうむ》った打撃がどれくらいか、計算しているのかもしれなかった。

「まず、Aは土曜ではなく、日曜でも祝休日でもありません。区役所が休みなのも、ATMが一日動かないのも、同じだからです。また、長谷川さんがNHKのドラマを見ていることからも、日曜でないことは分かります。つまり、Aは平日です。さらに、村上さんが職場に電話をしていることを考えると、月曜日でもありません。ですから、Aは火曜日から金曜日までの平日です」

理は確実に足場を固めていった。反論の余地のないよう、一歩ずつ進んだ。

「次に、Bは長谷川さんの電話から、やはり月曜から金曜の平日であることが分かりますが、村上さんが職場に連絡を入れないので、月曜日であると推測できます。また、それと新聞休刊日の件から、月曜日の可能性が大きくなります」

新聞休刊日というのは、簡単に言えば、新聞を作らない日のことだった。日曜日か連休の最後の日に設けられることが多く、翌日の朝刊が休みになる。そのため、その間に起きた事件などは、次の夕刊まで載らない。日曜日の朝の出来事でも、月曜日の夕刊まで記事にならなかった。

「村上さんが夕刊を見たのは、山下さんの死体が発見された日の五時過ぎでした。その事件が報道されていても、おかしくないタイミングでした。ところが、夕刊の見出しはその前日の朝の事件を一面にしています。美人公務員殺しは、普通ならその日の朝刊に載っていて当然の記事でしょう」

前日の朝の事件が、次の日の朝刊に間に合わないということは考えられなかった。紙面の空きがないにしても、朝刊に載せず、夕刊で大きく扱うことなど通常ない話だった。

「ですから、考えられるのは、その日の朝刊がなかった場合だけです。つまり、Bは新聞休刊日の翌日だった、ということです」

「なら、月曜日とは限らないじゃないの。振替休日の翌日で、火曜日の可能性もあるでしょう」

わずかな隙《すき》を見つけて、彼女が反論してきた。少しの曖昧《あいまい》さも容赦しないのは、余裕を失くしている証拠だった。

「ええ。でも、Cは日曜日と確定することができます。長谷川さんがＮＨＫの連続テレビ・ドラマを見ていませんし、職場に電話を掛けていませんから」

また、この日は頼んでおいた買い物については書かれているが、新聞の描写は見当たらない。いつも一緒に届けられていたから、夕刊はなかったと解釈できるだろう。

「とすると、Bは月曜日と考えざるを得ません。なぜなら、Cが日曜日で、Aが火曜日から金曜日のどれかで、事件は三日連続で起きているからです。Bは平日で、土曜日ではない以上、三つを繋《つな》げるためには月曜日と解釈する他ありません」

「そんなの戯言《ざれごと》だわ」

「いいえ、論理的な思索の帰着です。今までのことをまとめますと、Cが日曜日で、Bが月曜日、Aが火曜日となります。原稿はA↓B↓Cの順番で書かれていましたが、実際には事件はC↓B↓Aの順序で起きていたわけです」

「ばかばかしい」

「しかし、そう考えた方が理屈に合うのですよ。例えば、Aが火曜日なら、前日のaは月曜日になりますが、そこで尾羽満さんが最後まで言えなかったせりふがあります。村上さんがパーマをあてようと思ったという言葉に対してのものです。『私も髪を染めてもらいに、理髪店に行きたかったのですが、今日は……』という文章ですが、これは今日は月曜日で理髪店が休みだったため行けなかった、ということではないでしょうか」

「そうとは限らないでしょう。今日は忙しくて、かもしれないわ」

「なるほど。それでは、Cの部分で長谷川さんが尋問を待つ間、電池のなくなるほど聴いていたラジオの番組をどう思います？ この日を日曜日だと考えれば、ギャンブル好きにふさわしく、競馬の中継を聴いていたと納得できませんか」

「それこそ、想像の域を越えていないじゃないの。論理の飛躍どころではないわ」

「そうですね。でも、C↓B↓Aの順と考えると曜日の矛盾が全て解決します。Aが十四日ですから、Bはその前日で十三日、Cはさらにさかのぼって十二日。曜日を入れると、十二日（日）↓十三日（月）↓十四日（火）だったわけです。Cである十二日の日曜日が三連休の最終日になるのは、十日が祝日だったからです。そう、十月十日、体育の日ですよ」

「話にならないわ」

「いいえ。この事件は十月十二日、日曜日から始まったんです。横山さんの殺害が一番初めで、山下さん、尾羽麻美さんの事件へと続く順番だったということです」

「くだらない」

彼女はそっぽを向いた。

「十月十一日、土曜日、横山さんが山荘に到着するところが最初の場面です。桜木先生や村上さん、長谷川さんは既に来ていました。第一陣に比べると、かなり遅れた到着だったのでしょう。第三章の冒頭にそう書いてあります」

理はまた原稿の該当箇所を指差した。彼女は見ようともしなかった。

「ここでは持田さんの事故の影は感じられますが、結構会話があります。その翌朝にしてもそうです。第一章とずいぶん違いますね。これはまだ誰も殺されてはいなかったからです」

横山の読んだ夕刊には、もちろん公務員連続殺人の記事など載ってはいなかった。村上が眉《まゆ》をひそめたのは、きっと夕食の手伝いをせず、新聞を読み始めたからだろう。

「十月十二日、日曜日、朝になって横山さんの死体が発見されます。そこから、警察の捜査、事情聴取。場面はそのまま第二章へ。山荘で迎える二日目の夜になったわけです。中止の連絡を入れようとしたのは、もちろん、山下さんと尾羽夫妻にです」

同じように、理は原稿のその場面を示す。彼女はやはり顔を背けていた。

「村上さんが職場の話をしていますが、これは第三章の最後の場面での電話を受けてのものです。それから、殺されたのは女性の管理職というのは、尾羽課長のことではなく、横山副所長のことです。また、ラジオの電池が消耗したのは、競馬の中継のせいです。長谷川さんは尋問を待つ間、ずっと聴いていたのでした」

「まるで見てきたみたいね」

「三人は結局留まり、十月十三日、月曜日、山下さんの死体を発見します。警察が捜査を開始しますが、昨日の事件と言っているのは横山さんの殺害のことです。多くの手掛かりから、同一犯人による連続殺人事件であると断定されました。横山さんと山下さんは、同じ人間に殺されたということです」

だから、夕刊の見出しの美人公務員は、もちろん横山のことだった。尾羽麻美もきれいだったが、横山も美人だと第三章に書いてあった。

「十三日の夜、ようやく尾羽夫妻が到着します。二日も遅れて来たのは、尾羽満さんが深夜のテレビに出なければならなかったからでしょう。ほら、山下さんのテープに録音されていた番組ですよ。だから、満さんはホテルに泊まったりしていたんですね」

遅い時間にタクシーを拾おうとしても、耳が聞こえないと敬遠される。不愉快な目に遭《あ》うのなら、最初からホテルに泊まった方がいい。きっとそういう判断があったのだろう。そのせいで尾羽満は外泊しており、妻の行動を知ることができなかった。

「ゲストとして呼んだ人が来たのに、三人もすぐ帰ろうとはさすがに言いだせませんでした。もともとは尾羽麻美さんを励ます趣旨の集まりですからね。いやいやながらも、滞在を続けます。雰囲気が普通でないことは、尾羽満さんも感じていたようですね」

対面のとき、男二人は疲れた顔をしているし、村上の笑顔はぎこちないとある。長い尋問の後では、それも当然だった。

「十月十四日、火曜日、会話はほとんどありません。互いに疑心暗鬼になっています。今まで二人も死んでいますから、ノックに返事がないことに対する三人の反応が、すごく早いですね。そして、尾羽麻美さんの死体が発見されました」

天井の梁《はり》から首を吊《つ》った死体だった。索条痕《こん》に不審なところはあるが、まだ他殺と断定されたわけではない。

「警察の捜査の後、尾羽満さんが帰ってしまって、物語はおしまいです。どうです。今の順序の方が、事柄に矛盾がないでしょう」

彼女は憎悪に満ちた目で、こちらを睨《にら》みつけてきた。

「それで証明したと思っているの？」

「もちろんです。かなり厳密な証明だと思いますよ。それに、お忘れではないと思いますが、このことは大槻警部にも確認してある事実なのです。尾羽麻美の告白文さえ存在しているのですよ」

理は静かな口調で、彼女に引導を渡した。それから、冷たくなったミルク・ティーを音も立てずに啜《すす》った。

「それがあなたの切り札というわけね。いいわ、先を続けなさい。その仮定が正しいものとして聞いてあげるから」

彼女は歯を食い縛るようにして、譲歩の言葉を述べた。血が出るのではと心配させるほど、唇を強く嚙《か》み締めていた。

「時間が反転していることが分かれば、後は簡単です。大槻警部と同じ論証で真犯人を指摘できるのですから。手掛かりから導かれる条件は同じでも、出来事の順序が違えば該当する人物が変わってきます。ですから、桜木先生以外の人を犯人と指摘することができるわけです」

理は相手に構わず、話を先に進めた。最初とは違って、彼女の目から、もう遊びの色は失われていた。

「では、これから論証を行ないますが、説明する便宜上、本来の順序を正順、反対にした方を逆順と呼ぶことにします。実際に事件の起きた順が正順で、原稿は逆順で書かれていたわけです」

「好きに呼んだらどう」

「そうします。さて、大槻警部の導きだした犯人の条件は二点でした。山下さんを殺害する際に、車のキーを持っていたこと、横山さんを殺害する際に、針金でできたハンガーを持っていなかったこと、この二つです。ここまでの過程には、何の誤りもありません。逆順では、その条件に該当するのは桜木先生だけでしたが、本来の順序だとどうなるか見てみましょう」

そう言うと、理は鞄《かばん》の中から一枚の紙を取り出した。車のキーの流れと、針金のハンガーの流れを図にしたものだった。

「口で言っても分かりにくいので、簡単な図を描いてみました。これを見てください。まず、車のキーですが、逆順の場合、尾羽満さんにしても、桜木先生にしても、第一章で預かったままでしたので、車のキーは二人が持っていることになっていました。しかし、本当は、その受け渡しは十三日と十四日、つまり、山下さんが殺害された時点よりも後で行なわれています。分かりますね。ですから、山下さんを殺害する際に、車のキーを持っていたのは、実は長谷川さんと尾羽麻美さんの二人だったのです。つまり、正順での容疑者

車のキーの流れ

逆順の場合

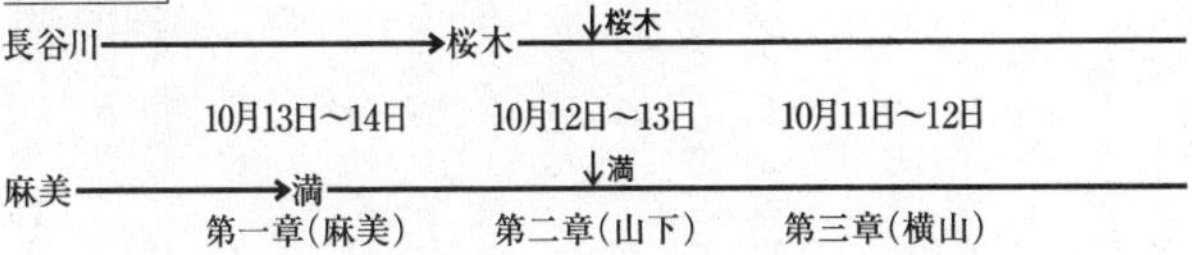

車のキーを持っていた人(=容疑者):桜木、満、横山

正順の場合

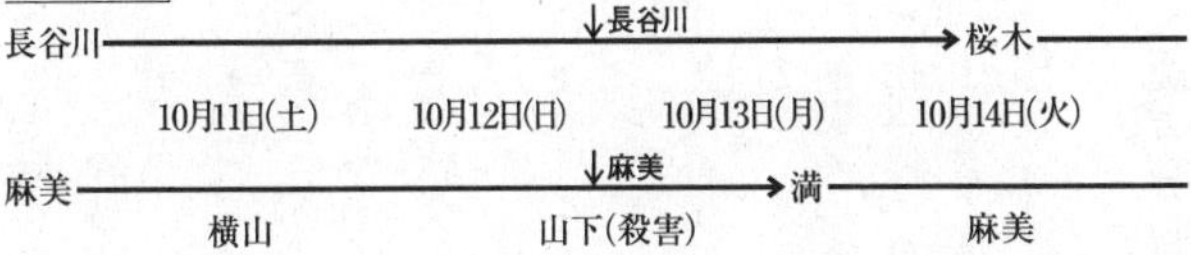

車のキーを持っていた人(=容疑者):長谷川、麻美

針金のハンガーの流れ

逆順の場合

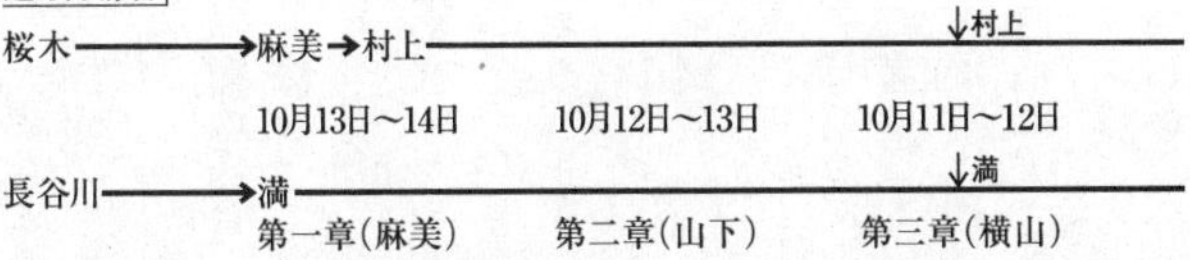

針金のハンガーを持っていなかった人(=容疑者):桜木、長谷川

正順の場合

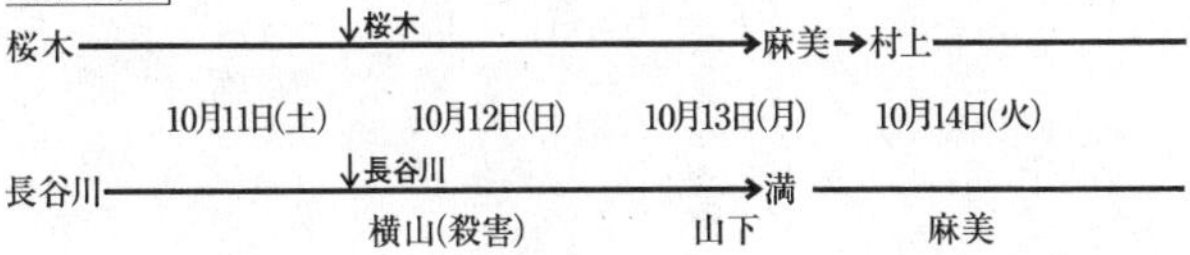

針金のハンガーを持っていなかった人(=容疑者):満、麻美、村上、山下

は、既に殺されている横山さんを除いて、今言った二人になるのです」

逆順のときには、桜木先生と尾羽満と横山典子の三人が容疑者だった。正順と逆順では全く違う顔ぶれだった。

「同じように、ハンガーの方も図にしてあります。逆順の場合、受け渡しは第一章で行なわれていて、村上さんと尾羽満さんが持っていたことになっていましたが、実際には、それは十三日の夜に行なわれたことです。やはりこれも、横山さんが殺害された時点よりも後の出来事です。ですから、横山さんを殺害する際に、ハンガーを持っていたのは、本当は桜木先生と長谷川さんです。ということは逆に、持っていなかった人は、尾羽満さん、尾羽麻美さん、村上さん、山下さんの四人です。つまり、正順での容疑者は、今言った四人になるのです」

逆順のときには、桜木先生と長谷川知之の二人が容疑者だった。これも正順と逆順では全く逆の顔ぶれだった。

「一度おさらいしましょう。逆順の場合、山下さんの事件から、容疑者は桜木先生、尾羽満さん、横山さんの三人、横山さんの事件から、容疑者は桜木先生、長谷川さんの二人でした。それが正順になると、山下さんの事件から、容疑者は長谷川さん、尾羽麻美さんの二人、横山さんの事件から、容疑者は尾羽満さん、尾羽麻美さん、村上さん、山下さんの四人になります」

理は図に書き添えられた容疑者の名前を指差した。しかし、彼女は目を閉じ、何かに耐えるような顔をしていた。

「ですから、もう犯人はお分かりですね。山下さんを殺害した人物は、横山さんも殺害しています。犯人は両方の事件の容疑者に挙がっていなければならないのです。どちらの条件にも当てはまる人は、正順の場合も一人だけでした。そう、尾羽麻美さんです」

特に気負うこともなく、理は犯人の名前を口にした。彼女はじっと黙ったまま、目を開こうとはしなかった。

「この連続殺人事件は、犯人が二人を殺害した後、自分も自殺するという、本来は単純な図式のものでした。正順で読めば、その構図はきっと容易に捉《とら》えられたことでしょう。ところが、順番を入れ替えたがために、複雑な様相を呈してしまったのです。何せ連続殺人の犯人が最初の事件で死んでしまい、いなくなってしまったのですから」

しかも、後の事件から、同一犯人による連続殺人だと断定されてしまう。最初に死んでしまった麻美が、絞殺という方法で、山下や横山を殺せるはずがなかった。

「尾羽麻美さんが犯人で、最後の事件で自殺したのなら、不可解だったことも全て解決してしまいます。例えば、尾羽満さんが感じていた違和感の理由は、麻美さんがこれから自殺するつもりだったからでしょうし、ハンガーを渡されて驚いたのは、桜木先生に犯行を悟られていると気付いたからです。山下さんからの電話で動揺したのは、きっと掛かってきた時間の方が問題だったのでしょう。朝の入浴中と誤魔化していましたが、本当は夜に掛かってきたもので、夜中に家を空けていたことを御主人から指摘されないかと、心配だったからなのです」

横山からのファックスにしても、同じように説明できるだろう。自分の殺した相手だったからこそ、生き返ったという想像が真に迫り、恐ろしかったのだ。

「フロッピーの筆跡についても、自殺なら問題はありません。遺書は尾羽麻美さんが書き残した本物だったのです。密室状況についても、同様に説明することができるでしょう。麻美さんが自分で施錠して、自殺しただけのことだったのです」

「それはおかしいわ。彼女の首の周りには、他殺の際に残る索条痕があったはずよ。だからこそ、自殺に疑いがでたんでしょう」

なりふり構わず彼女が反論した。その早口の言葉からは、余裕は微塵《みじん》も感じられなかった。

「ええ。でも、首を絞めて殺してから、死体を吊り下げても、首を強く絞められてから、本人が自殺しても、残る索条痕の状態は同じでしょう？　尾羽麻美さんは誰かに首を絞められて、その後自殺したのですよ」

彼女は下唇を嚙んで黙った。理の見せた隙《すき》が罠《わな》だったことに、やっと気が付いたようだった。

「あなたは、横山さんと山下さんを殺したのが、尾羽麻美さんだと気付きました。原稿の解決編の通り、きっと論理的にその結論を導きだしたのでしょう。自殺する覚悟だった麻美さんは、否定することもなく、逆に殺してくれてもいいとロープを差し出しました。そこであなたは、その申し出を受け入れたのです」

「ばかな話ね。殺してくれと頼まれて、誰が殺したりするというの」

剃刀《かみそり》のように鋭かった声が、少し弱く感じられた。抵抗する気力が、徐々に奪われているようだった。

「そうですね。あなたには殺すつもりなどありませんでした。ただ、殺人という強烈な体験が、桜木先生の記憶に残れば、そう考えただけのことでしょう。そうすれば、桜木先生を悩ませることができますし、うまくいけば死んでくれるかもしれません。実際、結果は大成功でした」

「そこまで、分かっているというの……」

「ええ。ですから、教えてもらえませんか、尾羽麻美さんがどうしてあの二人を殺そうと思ったのかを。ぼくにも想像はできますが、あなたは麻美さんから、直接聞いているのでしょう？」

その言葉の途中で彼女は俯《うつむ》いて、右手のブレスレットに目を遣った。何かに耐えるように、指をきつく握り締めていた。

息の詰まるような時間が、音も立てずに流れていく。重苦しい沈黙を破るのは、口笛にも似た風の声だけだった。さらなる譲歩を示し、勇気を持って撤退するべきかどうか、きっと考えているのだろう。理は決して油断せず、その様子をじっと見守った。

「そう。あなたの言う通り、私は彼女の胸中を聞いたわ。私の指摘が終わると、自分から話しだしてきた。犯行の動機やら手順やらをね。警察に対して全てを書いた告白文は送ったと言っていたけれど、誰かに聞いてもらいたかったみたい。懺悔《ざんげ》のようなものだったのかしら」

そう言うと、彼女は顔を上げて、窓の方を見た。外は雨ではなく、いつの間にか雪が降り始めていた。

「持田さんが事故で亡くなった当時、尾羽麻美さんは彼と不倫の関係にあったのではないですか。もしかしたら、同様の事故で亡くなられた息子さんも、持田さんの子供だったのでしょう?」

理の問い掛けに、彼女はゆっくりこちらを向いた。その目は敵愾心《てきがい》を潜め、一時的な退却を窺《うかが》わせるものだった。

「そう。尾羽は持田と深い関係にあった。軽い火遊びなんかではなくて、お互い愛し合っていたのよ。尾羽は夫を裏切っていると思いながら、どうしようもなかったというわ」

罪の意識を覚えながらも、理性では抑えられない恋情。相手への思いだけが溢《あふ》れ、自分を制御できなかったのだろう。

「でも、麻美さんは御主人との仲も良かったのでしょう?」

「もちろんよ。ただ、持田との関係が深まるにつれて、尾羽は夫に対する自分の感情に疑いを持ち始めたらしいわ。彼の障害者に対する接し方や、問題への取り組み方に抱いていた親愛の念や共感を、愛情と勘違いしていたのでは、と」

「持田さんと出会って初めて、そのことに気付いたわけですね」

「ええ。とはいえ、尾羽は夫を気遣っていたわ。本当の意味では愛してなかったのかもしれないけれど、尊敬もしていたし、献身的でもあった。違うのは、心が勝手に動いてしまうような情動がなかったこと……」

持田の存在は麻美にとって、特別なものだったのだろう。キー・ホルダーを形見としてずっと持っていた事実が、そのことを裏付けている。

「それほどの仲だったから、持田が事故で死んだとき、後を追おうと考えたというわ。身《み》籠《ごも》っていることに気付いて、思い止《とど》まったのよ」

「それが持田さんの子供だった、と」

「尾羽には誰の子供か分かったらしいの。それが唯一の救いだった、とも言っていたわ。そして、何も知られていない以上、嘘《うそ》をつき夫の子供として育てるのが一番だった」

「満さんが麻美さんに距離を感じていたのは、そのためだったのですね。御主人に絶対知られてはならない秘密があった……」

だから、その子供が死んだとき、悲しみに明け暮れたのだろう。自分を支え続けてくれた、大事な一人息子だったのだから。また、その事故が持田の場合と似ていたことも、つらさを倍加させたに違いない。あのときの悲劇を、もう一度体験させられるような思いだったのではないか。

「そんなときに、麻美さんはかつての事故にまつわる話を聞いたのですね。二人は持田さんを見殺しにしたというか、むしろ殺人に近かったのだ、という噂《うわさ》を」

「ええ。でも、横山を診ていた女医が、尾羽に真実を語ったのよ。アルコール依存症の原因がその事故にあると分かって、尾羽に事実確認を兼ねて連絡したのね。個人的に付き合いがあったし、横山の友人だったから」

「患者の秘密を洩《も》らしたのですか？」

「いいえ、自分の気持ちを軽くするために、横山が頼んだことでもあったの。尾羽が持田と深い関係にあったなんて、もちろん知らなかったから」

息子を失って、ただでさえ二人への憎しみが再燃しているところだった。そこで事故の真相を知らされたら、具体的な行動へ移ったとしても決して不思議ではなかった。

「そのうえ、麻美さんは自分がガンであることを悟ったのでしょう。あと数カ月の命であると」

「そう」

彼女はゆっくりとうなずいた。一言で十分ということか、もう言葉を継ごうとはしなかった。

不治の病の告知が、最後のスイッチを押したに違いない。息子を亡くし、自らの命も残りわずかと知って、麻美は二人を殺害して自殺する決意を固めたのだろう。

「それでも尾羽は最後まで迷ったというわ。持田のことでは譲れない、でも、夫を残して逝《い》くのは……」

「気掛かりだったのですね」

「ええ。ただそこへ、恨みを晴らすには、お誂《あつら》え向きの招待状が舞い込んできたのよ。尾羽は絶好のタイミングに、何かの意思を感じ取った」

「なるほど。条件が揃《そろ》いすぎたのですね」

理は深くうなずきながら言った。麻美は持田の声を聞いたのかもしれなかった。

「小柄で非力な麻美さんとしては、実行に移すにしても、殺害方法と実行する場所に悩んだことでしょうからね。自宅には家族がいますし、呼び出すと不審に思われて、しかも証拠を残しそうです。かといって、路上で襲うわけにもいきませんから」

右手に障害を持つ麻美が、不意を突いたところで、対等に戦うのは難しいだろう。相手の自由を奪って殺害するより仕方がない。しかし、睡眠薬を飲ませるとすれば、その状況設定が必要になる。山荘の個室は、そういう点では最高の場所だった。

「麻美さんは医者にも知り合いが多く、薬の入手は容易でした。息子さんを亡くしたばかりでもあり、睡眠薬を服用していたのでしょう。相手を眠らせれば、右手の障害はハンデになりません。手袋をはめている分、むしろ指紋を残さなくて有利ですらあります」

そして、絞殺を選んだのは、ロープに馴《な》れ親しんでいたからだろう。もやい結びは片手でも簡単に作れる結び目だった。

「では、具体的な犯行の手順はどうだったのでしょうか。本来の事件の順番通り、まず、横山さんの殺害から考えてみましょう」

十月十一日、土曜日の夜、正確には、翌日の午前一時頃だった。原稿では第三章の部分に該当した。

「麻美さんにとって、この二日間ほどは家を空けるのに都合のいい日でした。なぜなら、尾羽満さんが深夜テレビに出演のため、ホテルに泊まっているからです。夜中に家を出ていっても、怪しむ相手がいません。御主人から電話が掛かってくる心配も、もちろんありませんでした」

耳の聞こえない満には、電話は使えなかった。誰かに掛けさせたりしないことも、経験から分かっていたのだろう。

「夜になると山荘へ向かい、各人がそれぞれの部屋に引き上げるのを確認します。横山さんが独りであることは、念入りに確かめたことでしょう。うまい具合に、部屋割りは他の三人とも二階です。麻美さんはこっそり横山さんの部屋を訪れました」

実際には違ったが、麻美は三人が酔い潰《つぶ》れていると予測していたのだろう。横山だけが素面《しらふ》で、他の人間には気付かれにくいと計算していたに違いなかった。

「相手は驚いたことでしょうが、びっくりさせようと思ったけど、遅くなりすぎたと言えば、騒ぎ立てたりすることはありません。麻美さんは医者を紹介してくれた、気の好い同期なのですから。寝ている三人を起こすのも忍びないからと説得して、横山さんに水筒に入れてきたどくだみ茶を勧めます。麻美さんも自分の水筒の蓋《ふた》に、相手のどくだみ茶を注いでもらったのでしょう」

「横山は全く不審に感じてなかったと言っていたわ。尾羽は憎しみを凍りつかせて、ずっと悟らせずにいたのよ」

「そうでしょうね。さて、薬が効いて、横山さんが眠ってしまう直前に、麻美さんは例のプレートを見せました。事故の真相を最後に確認したかったのかもしれません。しかし、思い出したくない過去に、横山さんは金属片を奪い取り、投げ捨ててしまいます。それは貼《は》ってあった紙を突き抜けて、壁と机の隙間《すきま》に落ちてしまいました」

相手の過剰な反応に、麻美は事実と確信したのだろう。用意しておいたロープで、横山の首を絞めて殺した。

「プレートを探し、拾うための苦労は解決編に書かれていた通りでしょう。山荘に都合のいい道具はなく、車の中にも麻美さんは何も入れていませんでした。ガムを持ってきている人がいるかもしれませんが、他の部屋に忍び込むような危険を、とても冒《おか》すことはできません。指紋を残さなかったことを幸運と思い、諦《あきら》めて帰る他なかったのです」

「用具入れから掃除機を出して、音の大きさを確かめたとき、上から物音が聞こえたらしいの。それで、何も処理しないで、急いで帰ったと言っていたわ」

きっとそれは、長谷川が掃除機の音を聞いて、目を覚ましたときのものだろう。あの大きな身体なら、ベッドから出ただけで下まで響くに違いなかった。

「さて、次は山下さんの殺害です。満さんのテレビ出演のため、麻美さんはまだ自由に動ける日でした」

十月十二日、日曜日の夜、正確には、翌日の午前一時頃だった。原稿では第二章の部分に該当した。

「横山さんの死体は、日曜日の朝に発見されていますから、この事件は朝刊には間に合いません。日曜日のため夕刊はなく、この日が新聞休刊日ですから、次の日の朝刊もありませんでした。ですから、新聞にその記事の載ることはなく、山下さんも尾羽満さんも、事件のことを全く知らなかったのです。もちろん、テレビではそのニュースを流していたでしょうが、山下さんは仕事で忙しく、満さんは耳が聞こえません。二人には事件のことを知る機会がなかったのです」

この時点では、旅行の参加予定者にまで、警察の事情聴取は行なわれていなかったのだろう。また、長谷川は何度も電話したが、結局連絡が取れなかった。

「横山さんの事件で、山荘から帰ってしまう可能性もありましたが、それは大きな問題ではありませんでした。山下さんは自分の車に乗せていくつもりでしたし、自殺は山荘でなくても別によかったからです。同じ場所が理想的でしたが、残ってもらえなくても困ることはありませんでした。待っていてくれるという読みは、あったとは思いますが」

「尾羽の心配していたのは、山下の仕事の具合だったわ。突発的に行けなくなったら、というのが一番の問題だったのよ」

「そうでしょうね。麻美さんは二日も遅れては悪いので、夫より先に行くから、一緒にどうと山下さんを誘ったのだと思います。びっくりさせるために、秘密にしようと提案したのでしょうね。山下さんは個室を持っていますし、電話も部長席直通です。電話を掛けた事実を誰かに知られる心配はありませんでした」

事件のことを知らなかったから、山下には怪しむ理由がなかった。元来のいたずら好きな性格もあって、その提案に同意したに違いなかった。

「仕事が長引き、麻美さんが家を出た後に、山下さんが電話を掛けてきた以外は、全て順調でした。時間を調節して、目的地へは真夜中に着くようにします。もうみんな寝静まっているので、驚かせるのは明日にしようと言い、納得させるためです。そこで、運転していて飲めなかった麻美さんに、山下さんが酒を勧めてくると、彼女は計算していました。それが山下さんの昔から変わっていない癖だったからです」

勧められなくても、口実をつけて山下の部屋に入ることはできたはずだった。夜中に美人の訪問を受けて、喜ばない男は珍しいだろう。

「そこで、麻美さんは睡眠薬入りのウィスキーを勧めます。自分は後の処理が簡単なように、缶ビールでも飲んだのでしょう。山下さんは酔っていたこともあり、すぐに眠くなります。ちょうどその頃、テレビには尾羽満さんが出ていました」

「夫に見られているようで怖かったと、尾羽は言っていたわ」

「分かりますね。ところが、眠ってしまう直前に、山下さんの方が不審を抱いたのです。それで、持っていたウォークマンの録音ボタンを本能的に押したのでしょう。ただ、朦朧《もうろう》とした頭には、判断する力はもう残っていなくて、何故そんなことをしたのかも分からない状態でした。手掛かりになるようなものを吹き込むこともできず、そのまま眠ってしまったのです」

だから、テープには酔っ払った声しか入っていなかったのだろう。山下の意識がしっかりしていれば、自分で犯人の名前を叫ぶはずだった。

「しかし、殺害し終えた麻美さんは、テープの存在に驚いたことでしょう。放置するわけにはいきませんでした。自分の声が入っているかもしれませんし、名前を呼ばれているかもしれません。手掛かりになりそうなものが録音されていないか、聴いてみたいと思ったでしょうね」

テープを処分するのは、手紙や写真のように容易ではない。破いたり焼いたりして、トイレに流すことができないからだ。だからといって、遠くへ捨てにいけば、犯人が山荘の中にいなかったのではと疑われてしまう。かといって、近くで破棄すると簡単に見つかってしまうかもしれない。

「山下さんのウォークマンには、もう電池はありませんでした。乾電池を探したり、充電したりすることはきっと考えなかったでしょう。横山さんのときに、苦い経験をしていますからね。車の中という比較的安全な場所があるのですから、すぐそこへ向かったと思います」

現場に長く留まるのは、もちろん危険だった。テープを聴き終わるまでに、最低一時間はみておかなくてはならないだろう。

「結果的に、テープには何の手掛かりも残されてはいませんでした。テレビで尾羽満さんを紹介していた様子が入っていただけです。麻美さんはそのテープをウォークマンに戻しておくことにしました。破棄することが逆に手掛かりになると思ったのでしょう」

それに、あのテープがあれば、満に完璧《かんぺき》なアリバイができる。夫のことが気掛かりだった麻美としては、それがせめてもの償いだったのだろう。

「ただ、麻美さんはウォークマンに戻すときにミスをやらかしました。A面とB面を反対に入れてしまったのです。部屋が暗かったのと、現場にもう一度来た恐ろしさのためだったのでしょう。ありがちなことです」

テープを布で拭《ぬぐ》っておいたのも、麻美の失敗だった。車の中のデッキを使ったため、何か付着していないか心配だったのだろうが、却《かえ》って手掛かりになった。

「さて、それでは最後の夜に入りましょう。麻美さんが自殺した事件です」

十月十三日、月曜日の夜、正確には、翌日の午前一時頃だった。原稿では第一章の部分に該当した。

「この日の朝は、ファックスが送られてくるところから始まります。二人が出発する日に合わせて、横山さんが自動送信をセットしておいたものです。麻美さんは当然、幽霊でも見た気持ちになるでしょう。しかし、事件のことを知らない満さんには、何が変なのか理解することはできませんでした」

家を出るまでには、夕刊は届いていなかったのだろう。尋問が長く掛かったため、山荘からの連絡もなかった。

「その夜、麻美さんは自殺するつもりでいました。他殺と間違われないように、ちゃんと遺書を残しますし、部屋も内側から鍵《かぎ》を掛けます。警察に無駄な捜査をさせないよう、告白文も作っておきました。友人たちに不愉快な思いを長くさせないための配慮でもあります」

警察が桜木先生を訪れなかったのは、そのせいだった。現実の世界では、事件は既に解決していたのだ。

「告白文には全てを記しましたが、遺書には自分が犯人であると書くことはできませんでした。なぜなら、そのためには二人を殺した動機に言及する必要があるからです。それは持田さんとの関係を公表することを意味しています。そこで、遺書は表立った理由だけに止《とど》めることにしました」

満もまた、息子に先立たれた哀しい父親だった。そのうえ妻に死なれるのだから、不貞の事実まで知らせたくはないと、麻美は思ったのだろう。先に逝《い》くことへの謝罪や説明も、無意味と考えたに違いない。どれだけ言葉を尽くしても、持田を選んだ事実は消えないのだから。

「今までの事件とのつながりを分かりやすくするために、同じロープを使い、睡眠薬の入った飲み物も準備します。警察の負担を少しでも軽くしたかったのでしょう。遺書の用意も怠りなく、ドアと窓も内側から鍵を掛けました。あとは梁《はり》にロープを括《くく》りつければいいだけの状態でした」

そこで理は彼女の様子を窺《うかが》ったが、何の反応も示していなかった。整った横顔をこちらに向けたまま、瞬き一つしないでいた。

「さて、そんなときだったのです、あなたが扉をノックしたのは。あなたは麻美さんが犯人であることを指摘しました。死ぬつもりだった麻美さんは、驚きながらも否定することはしません。あなたに全てを説明し、ロープを手渡したのでしょう」

彼女には理の話が聞こえていないのかもしれなかった。激しく乱舞している雪を、じっと見つめていた。

「あなたにはあなたの思惑があって、麻美さんの首を絞めました。失神させただけとはいえ、他殺の際に残る索条痕《こん》はできました。あなたは部屋を後にしますが、やがて麻美さんは意識を取り戻し、死んでいないことを悟ります。そこで、当初の予定通り、自殺をやり直すのです」

睡眠薬の入ったココアを飲むと、ドアをもう一度施錠した。ロープを梁《はり》から輪の形で吊《つる》し、そして、その中に首を入れたのだった。密室が現われたのは、自殺だから当然のことだった。彼女が麻美の首を絞めた結果、他殺のような索条痕が残り、混乱が起きたのだった。

「以上が麻美さんの犯行のあらましです。何か補足することや、訂正することがありますか」

長い話を終えて、理は大きくため息をついた。紅茶のカップに口をつけると、残りをそのまま飲み乾《ほ》した。

自殺するまでに露見しなければいい、麻美はそう考えていたのだろう。なぜなら、犯行の詳細を記した文書を警察に送っているからだ。麻美の恐れていたのは、動機を明かされてしまうことだった。持田との過去の関係を満にだけは知らせたくなかった。

やがて、理のことを思い出したように、彼女がゆっくりとこちらを向いた。左手で髪を掻《か》き上げていた。

「分かったわ。本当の犯人は尾羽麻美で、桜木剛毅ではなかった。原稿の順番が入れ替えられていたので、彼が犯人のように見えた。そういうことね？」

「ええ。ぼくの証明したことはそうです」

彼女の声に冷たさが戻っていた。理はその長い睫《まつげ》をじっと見て答えた。

「尾羽から話を聞いたことは認めるわ。私が彼女の首を絞めたために、密室殺人になってしまったことも。でも、だからといって、私が剛毅を殺したことにはならないでしょう。この原稿を私が書いて送ったと、どうして分かるというの？」

「あなた以外に、これを書ける人がいないからですよ。順番を替えた原稿に、桜木先生が悩むことを予測できたのは、あなたの他に考えられないからです」

理は彼女から目を離さずに言った。その双眸《そうぼう》に炎の色はなく、逆に磨かれた金属のような冷ややかな光を放っていた。

「あなたは最初、人殺しと書いた手紙を送りました。桜木先生に首を絞めた記憶があると知っていたからです。先生は強い衝撃を受けましたが、何とか持ちこたえました。それは単なる中傷にすぎず、説得力が足りなかったからです。そこで今度は論理的に迫ろうと、あなたは考えたのでしょう。感覚的なものだけでなく、緻密《ちみつ》で完璧な推理を示すことで、自分が殺人犯だと思わざるを得ないよう追い込もうと企んだのです。その結果は大成功で、桜木先生の人格はついに崩壊してしまいました。どうです、違いますか。桜木和己さん」

†

彼女は氷でできた彫像のように、身じろぎ一つしなかった。右手にはめた銀のブレスレットに、じっと視線を落としていた。

「あなたは桜木先生の中に現われた、女性の人格でした。桜木先生は多重人格だったのです」

その瞬間、凍りつくような空気が流れた。窓の外だけでなく、部屋の中にまで白い雪が舞い込んでいる気がした。

「桜木先生の男性の人格は桜木剛毅でした。そして、女性であるあなたの名前は、桜木和己なのでしょう」

唇の端に冷笑を浮かべただけで、彼女は何も答えなかった。化粧で素顔を隠してはいたが、その笑いが理の言葉の正しさを裏書きしていた。

「桜木先生の生い立ちには、多重人格の伏線を感じます。幼児期に受けた暴力は、この症例の典型的な原因の一つとされていますからね」

見た目も性格も女性的だった桜木先生は、古武士のような父親から、躾《しつけ》と称した暴力で育てられた。自らの身を防御するために、別の人格を作り出すことは、十分考えられることだった。

「そう、剛毅はそれで生まれた人格だった。父親の前で男らしく振る舞えるよう、男の人格を創造したのよ」

彼女の口から言葉が零《こぼ》れだした。暖かな部屋で吐いたはずの息が、気のせいか白く曇って見えた。

「考えてみれば、事件の記憶のないことが、この事実を示唆していました。人格が入れ替わっていたために、記憶が抜け落ちていたのです」

桜木先生は記憶を失うことをいつも恐れていた。それは、今までにそんな経験が何度かあったことを示している。

「多重人格では、他の人格が出現しても、全ての体験を記憶できる便利な存在がいるそうです。桜木先生の場合、あなたがそうだったのでしょう。先生、つまり、剛毅は自分の経験したことしか知ることはできません。ですが、反対に剛毅の体験したことでも、他の人格のことでも、あなたは全て知っているのです」

不思議なことだが、これは事実だった。多重人格者のいくつかの症例で、この記憶記録装置についての言及がなされている。

「ですから、あなたは桜木先生を知っていても、先生はあなたのことを知りません。記憶を失くして悩んでいただけで、他の人格があるなどとは思ってもいなかったでしょう。もっとも、あなたは自分の存在を先生に知らせようと何度も試みました。それについては、もう少し後で詳しく述べますが、そのせいで桜木先生は自分が精神的におかしいと、思い悩んでいたようです」

和己は好きなときに桜木先生を乗っ取り、嫌になると消えることができる。他の人格が出現していても、その体験は全て記憶に残っている。それとは逆に、剛毅は自分の意思とは無関係に、時間を奪われ、その間の記憶を失くすことになる。他の人格はともかく、二人の間柄は、おそらくこのようになっていたのだろう。

「あなたは表へ現われても、普段は男のふりをしていました。事件のときが、その典型的な例です。原稿に登場する桜木先生は、実は桜木和己でした。あなたの外見がいくら女性的でも、生物学的には男なのですから、その方がトラブルがなく、生活しやすかったのでしょう」

それでも、女性の勘の鋭さか、村上は違和感を覚えているようだった。女を低く見ながら、それと逆のものを感じるときがあると、原稿には書かれている。桜木先生からやさしい言葉を掛けられたときには、却《かえ》って疑心暗鬼に陥っていた。意味は違うが、日常生活が全て演技で成り立っているという想像も、その通りだった。

「ですが、ブラジャーの話が出たときには、ついうっかり口を滑らせましたね。あなたはフロント・ホックを前で留めるものと言ってしまいました。女性にとっては、下着は衣服ですから、身に着けるものでしょうが、男にとってブラジャーは、外すもの以外の何物でもないのです。前で留めるという発想は、非常に女性的なのですよ」

実際、同じ場面で長谷川は、身体の前で外せるタイプと考えている。普通の男なら、ブラジャーを身に着けるものだと思いはしないだろう。

「それにまた、過敏症の件があります。多重人格では信じられないことに、人格によって体質まで変わるそうです。桜木先生には金属に対するアレルギーがありましたが、あなたにはありません。ほら、今もブレスレットをしていますね」

理は彼女の右手を指差して言った。そこには鈍い照明をはねかえした、銀のブレスレットが光っていた。

「原稿の中の桜木先生は、腕時計や指輪、ネックレスといった金属類を身に着けていました。だから、あれは自分ではないと、先生は考えられたようですが、先生が事件に関係していたことは事実として確認されています。とすると、考えられることは一つしかありません。あれは金属アレルギーのない、別の人格だったということです」

人格が違うと、印象や雰囲気、態度が変わるだけではなかった。顔つきや声色、筆跡や体質まで変わってしまう症例が報告されている。

「いいわ。認めてあげる。あの事件に関わっていたのは私よ。尾羽の話を聞き、首を絞めたところまでは認めているのだから」

　針を含んだ冷たい口調だった。雪の精か何かのように、彼女の肌が白く透き通って見えた。

「だったら、この原稿はあなたが送ってきたことになります。あなたにしか書けない内容だからです」

「誰にでも書けるわ。幕間《まくあい》のことを言っているのなら」

「それもあります。あの場面は桜木先生しか知らない、記憶の中の映像と同じでした。手の感触や目に焼きついたものを、先生から聞くことなしに描写できるはずがありません。でも、もっと決定的なのは、順番を逆にして送ってきたことです。それに効果があると期待できた人は、あなたの他にはいないからです」

　彼女は初めて首を傾げた。すぐ意味が飲み込めなかったようだった。

「分かりませんか。あの原稿は実際とは違って、事件の順番が反対に書かれています。普通であれば、当事者である桜木先生がそのことに気付かないと思いますか。人格が入れ替わっていたからこそ、この策略が成立するのです。先生に事件の記憶がないことを知っていた人だけが、こんな原稿を送ろうと考えるのです」

　桜木先生は人を殺したのではないかと恐れ、それを秘密にして誰にも洩《も》らしていなかった。原稿が届いた後でさえ、打ち明けられたのは理一人だった。

「そして、その事実を確実に知り得たのは、あなただけでした。桜木先生と入れ替わって事件に関わったあなた以外に、分かるはずがないのです」

冷たく白かった彼女の頰《ほお》が、朱を散らしたように赤くなった。動揺を抑えてはいたが、強い衝撃を受けたのが分かった。

「あなたの存在を、桜木先生は認めようとしませんでした。どれだけ証拠を示しても、女性が自分の中にいるという事実を、先生は受け入れませんでした。そこで、あなたは剛毅という人格を葬ろうと考えたのです。人格を崩壊させて、桜木先生を自分の手で支配しようと考えたのです」

「剛毅は父親の暴力を避けるために、作り出した人格だったわ。なのに、父親が死んだ後も、ずっと居座り続けたのよ」

彼女はついに叫んだ。

「誰しも自分の中に別の人間がいるなどと、認めたくはないものです。それを受け入れることは、自らの人格の否定にもつながりかねないのですから」

証拠を見せられても、多くの人は嘘《うそ》だと否定するだろう。たちの悪いいたずらだと、そう解釈するに違いない。

「あなたも最初は、穏便なアピールを行なったのでしょう。そう、手紙を書いたり、テープを残すといった方法です。しかし、桜木先生は不幸なことに、父親から歪《ゆが》んだ教育を受けていました。女性であるあなたの存在は、認められるものではありませんでした」

男よりも卑しいと教えられた女が、自分の中にいるなどということは、絶対に受け入れられなかっただろう。どれだけ矛盾したことを示されても、桜木先生は目をつぶったはずだった。

「そこで、アピールの手段もエスカレートしていったのですね。その派手なやり方が、仕事を辞める原因になってしまいました」

桜木先生は昔、役所に勤めていたことがあった。それが、不名誉な事件をきっかけに、自ら退職した経緯があった。

「旅行中での失態というのは、あなたが現れたことでした。男が急に女になったのですから、周りはすごく驚いたでしょう。異常な趣味を持っていると、勘違いされたのも無理ありません。今のように完璧《かんぺき》な化粧をして、女装してみせたのですか」

もちろん、和己の存在を知らない桜木先生が、一番困惑したに違いない。だが、そのような嗜好《しこう》を知られたら、お堅い役人は務まらないだろう。

「おそらく、何十年という戦いが続いてきたのだと思います。その闘争の中で、桜木先生も女性の人格を内心認めざるを得なかったはずですが、知らないふりを続けたのでしょうね。その存在を信じることも受け入れることも決してしなかった。だからこそ、今回の事件にまで発展したのでしょう」

努めて穏やかな声で理は言った。カップを取ろうと思ったが、紅茶はもうなくなっていた。

「尾羽麻美さんの首を絞めたのも、アピールの一つだったのですね。あなたの行為は、基本的には桜木先生の記憶に残らないはずですが、殺人という異常な経験ならと、そう考えたのではないですか。その時点で原稿を送る計画まであったとは思えません。首を絞めたときに考えていたのは、桜木先生を精神的に追い詰めることだったのでしょう」

「そうよ。その通りよ。剛毅にはもう死んでもらうしかなかったから」

最後の一線を越えて、彼女は開き直ったかのようだった。

「桜木先生は人を殺したのではないかという悪夢に悩まされていました。それが事実だと示されれば、人格が崩壊しかねない状態でした。そこであなたは、まず怪文書を送りつけたのですね。おまえは人殺しだと糾弾する毒々しい告発の手紙を」

「剛毅の責任だわ。私の存在を認めようとしないから」

彼女の反論はもはや感情的になっていた。氷のような冷たさは消えて、身体が小刻みに震えていた。

「怪文書に衝撃は受けたものの、桜木先生は何とか踏み止まりました。根拠のない糾弾の文句では、最後の砦《とりで》まで突き崩すことはできなかったのです。もっと追い詰める方法はないのか、考えに考えたあなたは、そのとき気付いたのでしょう。事件の順番さえ逆さにすれば、桜木先生が犯人だと論理的に証明できるということに」

現実の事件で、麻美が犯人だと悟ったくらいだから、彼女にはその力が十分あった。今までのやり取りからでも、頭の回転の速さは非常に感じられた。

「そこであなたは、事実を描きながら、事件の順番だけを入れ替えた小説を送ることにしたのです。桜木先生に罪を着せるためには、どうしても時間軸を反転させる必要がありました」

それが、実際とは反対に事件が起きたように思わせた理由だった。原稿を逆の順番で読ませたことには、ちゃんとした必然性があった。

「これだけのものを書くには、数ヵ月はかかったでしょうね。桜木先生がマスコミ対策で隠れていたときを利用したのでしょう。その間の記憶がないはずですよ。ずっとあなたが支配して、原稿を書き続けたのですから」

そしてその数ヵ月間に、尾羽麻美の告白文のおかげで、現実の事件は決着をみていた。だから、警察はそれ以上の調査をしていないし、マスコミも騒がなくなっていた。

「もちろん、桜木先生がこの原稿を読んでも人格は崩壊しないかもしれません。情報を確認して、事件の順序がおかしいことに気付く可能性もあります。でも、それは失敗ではなく、問題でもなかったでしょう。これは、あなたの存在を示す作戦の一つにすぎないのですから」

たとえ気付かれたところで、彼女が失うものは何もなかった。労力こそ大きいかもしれないが、全くリスクのない計画だった。

「しかし、結果的には大成功でした。先生の人格は崩壊したのです。そう……あなたが殺したのです」

相手の目をじっと見つめたまま、理は最後の科白《せりふ》を放った。糾弾の言葉とは反対に、冷静さを保った声で言った。

彼女は反撃しようとしたが、唇が震えただけに終わった。怒りと興奮で頬が紅潮し、気持ちが空回りしていた。

言うべきことを済まして、理は外の景色へ目を移した。説明の必要なことは、もう何一つ残っていなかった。

彼女のしたことが、責めを負うべきかどうかは、意見の分かれるところかもしれない。法律的にはもちろん道義的にも、微妙なところだろう。しかし、桜木先生を知っている理には、犯罪だとしか思えなかった。人格の崩壊を企てたことに、あえて殺人という言葉を使いたかった。

舞っていた雪は穏やかな降りに変わり、表はほの白くなっていた。うっすらと雪化粧した家々は、まるで砂糖菓子のように愛らしく見えた。

ゆっくりとしたピアノの調べが、一瞬の静寂を縫って聞こえてくる。桜木先生に仕えている若い娘が、弾いているのかもしれなかった。

「だからといって、どうしたというの？　剛毅を殺したからといって、あなたに何ができるというの」

言葉を取り戻したのか、彼女は声を高くして言った。ピアノの音に負けまいと、気力を振り絞ったかのようだった。

「私は単に支配を取り戻しただけだわ。父親のために生み出した剛毅が、私からずっと奪っていたものをね」

理はわざと外の景色を見ていた。

「……あれは、ショパンですか。夜想曲、ノクターンですね」

「それに、剛毅はもう死んでしまったのよ。二度と戻ってきやしないわ」

「そうでしょうか。うつし世は夢、夜の夢こそまこと、かもしれません」

横顔のまま聞いていた理は、もう一度彼女の方に向き直った。

「どういうこと？」

「華やかな昼が主役ではなく、密《ひそ》やかな夜こそが真の主役かもしれないということです。あなたは自分が桜木先生本来の人格のように言っていますが、実は反対なのではないですか」

「何を……」

「多重人格者の症例で、本来の人格が記憶記録装置の役割を果たしているケースを、ぼくは聞いたことがありません。あなたは自分の方が主役だと信じ込んでいただけなのではないですか。だとすれば、桜木先生はただ衝撃を受けただけで、本当に死ぬことはないはずです。自分が殺人犯でないことを悟り、いずれ戻ってくるでしょう」

「いいえ……」

彼女は激しく首を振った。同じ言葉を繰り返しながら、しばらく首を振り続けた。

低いテーブルの上には、彼女の原稿がそのままにしてあった。それを掴《つか》むように置かれた手は、声と同じで微《かす》かに震えていた。

窓の外では柔らかそうな雪が、静かに降り続いている。白く塗り込められた銀世界は、昼なのか夜なのか、まるで区別がつかなかった。

「では」

理は軽く会釈をすると、ソファから立ち上がった。彼女は目を伏せたままで、もうこちらを見る余裕もなかった。

その部屋を出ると、ピアノの音が大きくなった。叙情的な旋律を耳にしながら、理は曲の名前を思い返していた。

赤い夢のような魔術の世界と一抹の不安

はやみねかおる

　どうも、児童向け推理小説書きの、はやみねかおるです。

「騙《だま》されましたか？」——あなたには、まずこう訊《き》きたいですね。

　そして、「騙された〜！」と叫んでるようなら、あなたは、ぼくの仲間です。早速、『夜想曲《ノクターン》』の魅力について、語り合いましょう。（もし、あなたが解説から先に読むタイプの方なら、忠告します。ぼくの解説を読むより、先に『夜想曲《ノクターン》』を読んでから、このページに来てください。「騙されましたか？」という質問の意味が、よりわかるでしょうから）

　さて、ぼくは推理小説が好きです。

　推理小説の他に好きなものは、入道雲、機巧《からくり》、精密機械、映画、パズル、硝子《ガラス》細工、おもちゃｅｔｃ.ｅｔｃ.……。

　中でも好きなのは、奇術です。（推理小説が好きな人は、たいていの人が奇術も好きなのではないでしょうか？）

奇術は、ぼくに赤い夢を見せてくれます。ただ、好きって言っても、自分で奇術を演じることはできません。

その点、依井氏は違います。依井氏は、推理作家にして奇術師なのです。

推理作家で奇術師というと、推理小説ファンなら、すぐにあの方の名前が浮かぶでしょう。

そうしたら、なんと、依井氏はあの方の弟子なんですね。これにも、驚かされました。

そんな依井氏の作品は、どれもトリック重視の本格推理小説です。読めば、決まって騙されます。

特に、この『夜想曲《ノクターン》』では、きれいに騙されました。

奇術を見ていて、いつも欲求不満になるのは、「種明かししてほしい！」ということです。(見るだけで、トリックがわかればいいんですが……)

奇術は、騙されること自体が楽しいのですが、やはり、どのように騙されたか知りたくなります。

そして、奇術師は、どんなに頼んでも種明かしをしてくれません。

だけど、推理小説では、騙すだけではなく、最後にトリックの種明かしをしなくてはいけません。

奇術のように鮮やかに騙され、なおかつトリックの種明かしも楽しめるのが、依井氏の作品です。

『夜想曲《ノクターン》』の謎《なぞ》解きを読んでいて、

「ああ、そういえば、あそこに伏線が張ってあった」

「こんな簡単なことに気づかなかったのか」

「おかしいとは思ったんだよな（もちろん、負け惜しみです）」

「論理的に考えたら、わかるじゃないか（自分は、そんな論理的思考ができる頭脳じゃないくせに）」

騙される快感（と、かなりの悔しさ）を、じゅうぶん味わうことができました。

そして、本を閉じるとき、

「ぼくの奇術《マジック》を楽しんでいただけましたか？」

――タキシードの依井氏が、シルクハットをとって、優雅に一礼するイメージが浮かびました。

さて、いよいよ『夜想曲《ノクターン》』で一番驚いた部分について書かせていただきます。（ネタバレしないように書きますが、もし、あなたが本文をまだ読んでいないのなら、最後の忠告です。先に『夜想曲《ノクターン》』を読んでください）

一番驚いた部分――それは、「誤りの無い論証で、全く別の犯人を指摘する」ということです。

例えば、「1＋1＝2」です。これは、誰もが納得《なっとく》できることです。依井氏は、「1＋1」の部分を変えずに、「2」以外の答えを導き出したのです。（稚拙《ちせつ》な例えで、すみま

せん)

「そんなことが、できるのか?」――まだ『夜想曲《ノクターン》』を読み終えて無い方は、そう思うでしょう。

でも、推理作家と奇術師の二つの顔を持つ依井氏は、この離れ業を見事に成し遂げました。

「ブラヴォー!」――思わず、一人スタンディングオベーションをしてしまいました。

魔術師のシルクハットの中に迷い込んでしまったような気分でした。

物語が論理的に語られるために、トリックの部分ばかり書いてしまいましたが、依井氏の作品の魅力は、もちろんそれだけではありません。

硬質なイメージがあるかもしれませんが、依井氏の物語は、とても優しいです。

例えば、このような記述があります。

「差別するつもりなど微塵《みじん》もなかったが、生きていれば相手は傷ついただろう。知らなかったとはいえ、矢野は激しい自己嫌悪に陥った」――依井氏の優しさが、全ての登場人物に反映されてるように感じました。

騙すという行為は、世間では悪いこととされています。

でも、その行為に悪意が無く、依井氏のような優しさがあったら――ぼくは、進んで騙されたいですね。

最近、優しさの無い探偵が増えているように思います。

「なんで、みんなの前で犯人を指摘するんだ！（そういうシーン、好きですけどね）もっと、上手に解決してこその名探偵だろ！」

でも、依井氏の作品に出てくる探偵――多根井理には、優しさがあります。

多根井理という名前。これも、推理小説ファンなら、ニヤリとする名前です。

依井氏は、多根井を描写するのに、「風」という言葉を用いています。

「その印象は風のように自由で、かなり変わった視点を持った男だった」

「多根井は気ままな風のようでありながら、不思議な魅力を持った人物だった」

お会いしたことはありませんが、依井氏は、多根井理にそっくりなんでしょうね。

ぼくにとって、多根井理の印象は、『不思議の国のアリス』に出てくるチェシャ猫です。

鮮やかに謎を解いて去っていく多根井は、「きみには真相を見破れなかっただろ」とニヤニヤ笑いを残して消えるチェシャ猫そっくりです。

最後に、依井氏への注文――。

「もっともっと、作品を書いてください。そして、赤い夢のような魔術《マジック》で、ぼくらを騙してください！」

これほどのトリックを考え出し、『読者への挑戦』が入れられるほどの本格推理を書く苦労は、わかります。酷な注文だということもわかります。

でも、本格推理小説ファン、依井貴裕ファンとしては、赤い夢を見せてくれる依井氏の上質な作品を読みたいのです。（「そんなら、おまえが書け！」と言われそうですが、ぼくは自分の力量をよく知っています。ぼくには無理なので、よろしくお願いします）

では、解説原稿を書き終えたぼくは、今から『記念樹《メモリアル・トウリー》』『歳時記《ダイアリイ》』『肖像画《ポートレイト》』（以上、全て東京創元社刊）を読み返すことにします。（ちなみに、『記念樹《メモリアル・トウリー》』の解説が鮎川哲也氏、『歳時記《ダイアリイ》』の解説が泡坂妻夫氏、『肖像画《ポートレイト》』の解説が松田道弘氏……。錚々《そうそう》たる方々の後、本当に、ぼくが『夜想曲《ノクターン》』の解説を書いても良かったんですか……？　一抹の不安……）

Good Night, And Have A Nice Dream.

本書は一九九九年八月、小社より単行本で刊行されました。

夜想曲《ノクターン》

依井貴裕《よりいたかひろ》

平成13年 8月25日　初版発行
令和7年 5月15日　再版発行

発行者●山下直久

発行●株式会社KADOKAWA
〒102-8177　東京都千代田区富士見2-13-3
電話　0570-002-301（ナビダイヤル）

角川文庫 12098

印刷所●株式会社暁印刷
製本所●本間製本株式会社

表紙画●和田三造

ISBN 978-4-04-359201-2　C0193

◇◇◇

角川文庫発刊に際して

角　川　源　義

第二次世界大戦の敗北は、軍事力の敗北であった以上に、私たちの若い文化力の敗退であった。私たちの文化が戦争に対して如何に無力であり、単なるあだ花に過ぎなかったかを、私たちは身を以て体験し痛感した。西洋近代文化の摂取にとって、明治以後八十年の歳月は決して短かすぎたとは言えない。にもかかわらず、近代文化の伝統を確立し、自由な批判と柔軟な良識に富む文化層として自らを形成することに私たちは失敗して来た。そしてこれは、各層への文化の普及滲透を任務とする出版人の責任でもあった。

一九四五年以来、私たちは再び振出しに戻り、第一歩から踏み出すことを余儀なくされた。これは大きな不幸ではあるが、反面、これまでの混沌・未熟・歪曲の中にあった我が国の文化に秩序と確たる基礎を齎らすためには絶好の機会でもある。角川書店は、このような祖国の文化的危機にあたり、微力をも顧みず再建の礎石たるべき抱負と決意とをもって出発したが、ここに創立以来の念願を果すべく角川文庫を発刊する。これまで刊行されたあらゆる全集叢書文庫類の長所と短所とを検討し、古今東西の不朽の典籍を、良心的編集のもとに、廉価に、そして書架にふさわしい美本として、多くのひとびとに提供しようとする。しかし私たちは徒らに百科全書的な知識のジレッタントを作ることを目的とせず、あくまで祖国の文化に秩序と再建への道を示し、この文庫を角川書店の栄ある事業として、今後永久に継続発展せしめ、学芸と教養との殿堂として大成せんことを期したい。多くの読書子の愛情ある忠言と支持とによって、この希望と抱負とを完遂せしめられんことを願う。

一九四九年五月三日

角川文庫ベストセラー

新版 いちずに一本道 いちずに一ッ事　相田みつを

現代人の心をつかみ、示唆と勇気を与える「相田みつを」の生涯を、未発表の書と共に綴った唯一の自伝。美しいろうけつを満載、超豪華版の初文庫。

死者の学園祭　赤川次郎

立入禁止の教室を探検する三人の女子高生。彼女たちは背後の視線に気づかない。そして、一人一人、この世から消えていく…。傑作学園ミステリー。

人形たちの椅子　赤川次郎

工場閉鎖に抗議していた組合員の姿が消えた。疑問を持った平凡なOLが、仕事と恋に揺れながらも、会社という組織に挑む痛快ミステリー。

素直な狂気　赤川次郎

借りた電車賃を返そうとする若者。それを受け取ると自らの犯行アリバイが崩れてしまう……。日常に潜むミステリーを描いた傑作、全六編。

輪舞《ロンド》―恋と死のゲーム―　赤川次郎

様々な喜びと哀しみを秘めた人間たちの、出逢いやすれ違いから生まれる愛と恋の輪舞《ロンド》。オムニバス形式でつづるラヴ・ミステリー。

静かなる良人　赤川次郎

夫が自宅で殺された。平凡だけれどもいい人だったのになぜ？　夫の生前を探るうちに思いもかけない事実が次々とあらわれはじめた！

眠りを殺した少女　赤川次郎

正当防衛で人を殺してしまった女子高生。誰にも言えず苦しむ彼女のまわりに奇怪な出来事が続発、事件は思わぬ方向へとまわりはじめる……。

角川文庫ベストセラー

仮面の女　阿刀田　高

女性はいろいろな顔を持つ。恋人の前、知人の前、他人の前で様々な役を演じる。仮面の下に隠された女の秘密とは？　風刺の効いた短編小説集。

影絵の町　阿刀田　高

十人十色の恋があり、十人十色の恋の影がある。男と女に新たな恋のドラマが始まる時、夕闇という名の幕は、静かに二人の姿を隠す。

ぬり絵の旅　阿刀田　高

東京駅の地下道で八年ぶりに再会した男と女。白地図をぬりつぶしていく旅の終着点に二人が見つけたものは…。甘くせつない大人の恋の物語。

花惑い　阿刀田　高

南十字星の下、出逢った未亡人。六本木のディスコで知りあった自由奔放な女。光と影、陰と陽。対照的な女たちの間で揺れ動く男の姿を描く。

空想列車(上)(下)　阿刀田　高

同じ列車に偶然乗りあわせた四人の女性。突然の列車事故で、頭や体をぶつけあった彼女たちは、それぞれの空想をそれぞれに取り込んでしまった。

詭弁の話術　阿刀田　高
即応する頭の回転

詭弁とは〝ごまかしの話術〟。でも、良いところに気づけば…。クールに知的に会話をあやつりたい方へ。大人の会話で役に立つ洒落た話術の見本帳。

三角のあたま　阿刀田　高

恋愛論から社会情勢まで幅広く、作者の身辺のよしなし事を軽やかな筆致で綴った、大人の辛口エッセイ。スパイスとユーモアが絶妙に効いてます。

角川文庫ベストセラー